JN249127
小さな転生貴族、異世界でスローライフはじめました
辺境でのんびり暮らしたいのに、超絶チートのせいでみんなが放っておいてくれません
福音希望
ill. キャナリーヌ

シリウス
グレインの兄。アリスと双子で、おとなしく人当たりのいい性格。魔法が得意で、氷魔法を使って様々なものを造形することができる。
僕は当主になるつもりはないよ
これで僕の勝ちだね
私にもできるかな？
グレイン
元社畜の転生貴族。女神から貰った超絶チートを使ってのんびり暮らすつもりが、放っておけない性格のおかげで念願のスローライフはままならず…!?
アリス
グレインの姉。シリウスと双子で、勝気で大胆な性格。頭で考えるより体を動かす方が好き。勉強面では不器用だが、戦闘中は意外と頭脳派。

CHARACTER

リュコス

グレインの専属メイドで狼の獣人。
アレンに拾われ男爵家で働くことに。
クールな性格で年齢のわりに大人びているが、
グレインのことを慕っている。

グレイン様、
だらしないですよ？

アレン

男爵家当主であり、グレインたちの父親。
かつては有名な冒険者で、功績によって爵位と領地を得た。
戦闘とは打って変わって、事務仕事は大の苦手。

冒険者として経験を
積んでもらうぞ？

手を出した瞬間、
白い毛玉が噛みついてきた。
「あははっ、嫌われてるわね～」
「なんでだよ……」

小さな転生貴族、異世界でスローライフはじめました

辺境でのんびり暮らしたいのに、超絶チートのせいでみんなが放っておいてくれません

福音希望　ill. キャナリーヌ

目次

プロローグ　疲れ果てた社畜は……

「あぁ……体が重い」

会社からの帰り道、俺はフラフラになりながらそんなことを呟《つぶや》いていた。

現在の時刻は朝八時を少し過ぎたぐらい、世間一般的な社会人が帰宅をする時間ではなかったりする。

というか、むしろ出勤する時間ではないだろうか？

では、なぜ俺がこんな時間に家に帰ろうとしているのかというと……。

「あの課長、俺にばっかり仕事を回してきやがって……」

俺の直属の上司ははっきりと言わせてもらうとあまり評判は良くない。

性格が悪い、仕事ができない、女性社員にセクハラをする、部下の手柄を横取りする、常日頃から下に偉そうな態度を取っているのに上には媚びているなど様々な悪行を働いており、いつ訴えられるのかといった段階になってしまっていたりする。

そんな上司から仕事を渡されても断ればいいのかもしれないが、そこが俺のダメなところ――与えられた仕事は終わらせないと気が済まないという社畜根性のせいで断ることができないのだ。

そして、なまじ仕事ができるせいか、課長はどんどん俺に仕事を回してくる。

そのせいで俺の仕事量は激増し、課長は社内での評判を上げていく。部署内での評判は低い癖に……。

「はぁ……仕事、辞《や》めようかな？」

正直なところ、俺は肉体的にも精神的にも限界に来ていたりする。

明らかに普通の人の数倍——いや、数十倍の仕事をこなしており、労働基準法など違反どころの話ではない。

そんなところで働き続けていたら、いずれ過労死するのは目に見えているはずだ。

その前にどうにかして辞めないといけないわけだが……。

「絶対に引き留めてくるだろうな……」

俺の頭の中に課長と部下たちの顔が思い浮かぶ。

これは俺がもし会社を辞めようとした場合に止めようとする人たちの顔である。

「……」

と、ここでふと車が行き交っている道路に目を向ける。

そこである考えが思い浮かんでくる。

「……死んだら止められる心配もないか？」

そんな末期的な考えが思い浮かぶぐらい俺は思い詰めているようだった。

自分で命を落とすというのは人間として一番追い詰められている状態であり、そのレベルの人間は即座に精神科などに相談しに行くべきだと思われる。

俺にはそんなところに行く時間はないわけだが……。

「いや、やめた方が良いな。ここで自殺しようものなら、撥《は》ねた運転手に迷惑がかかっちまう」

俺はあと一歩のところで自殺を思いとどまる。

自分の命を粗末に扱うのは褒《ほ》められたことではないが、その人の勝手だろう。

だが、その行動で人様に迷惑をかけるとしたら絶対にやってはいけない。

俺のせいで人の人生を台無しにしてしまうことは絶対に避けないといけないわけだ。

そんなことを考えていると、ふとある光景が目に入る。

(ガンッ、ガンッ)

「ん?」

トラックがフラフラと蛇行《だこう》しながら走っていた。

ガードレールにぶつかったりしていることから、明らかに正常な運転ではない。

これはまずいのではないか、そう思った俺は周囲を見回す。

だが、そこで間の悪いことに近くの横断歩道を一人の少女が渡っていたのだ。

彼女はうつむいているせいなのか、考え事をしているせいなのか、トラックの異常に気付いていないようだった。

プロローグ　疲れ果てた社畜は……

このままでは彼女が轢《ひ》かれてしまう。

そう思った俺は荷物を捨てて走り出した。

ガードレールを乗り越え、彼女に向かって一直線に走っていった。

「危ないっ」
（ドンッ）
「えっ⁉　きゃっ⁉」

俺に突き飛ばされた少女は短く悲鳴を上げながら、歩道に転んだ。

これで彼女が轢かれる心配はかなり低くなったはずだ。

だが、そのせいで……

（キキイイイイイイイイイイイッ……バンッ）

「うっ⁉」

視界にライトの光を映した瞬間、俺はトラックに撥ねられることになってしまった。

「きゃあああああああああああっ」

体が宙を舞っているような感覚になる。

薄れゆく意識の中で俺の耳に少女の悲鳴が聞こえてくる。

そう遠くない距離のようなので、おそらく俺が助けた少女の声だろう。

人が目の前で事故に遭うなんてショッキングな光景を間近で見せてしまうことになったのは

申し訳ない。

だが、君の命が助かったのだからそれで勘弁してもらえないだろうか？

俺は心の中でそんなことを思った……まあ、口に出していないので、当然伝わるはずもないのだが……。
（ドンッ）
「か、はっ⁉」

背中に強い衝撃を受け、肺から空気が出ていくのを感じる。

息苦しく感じるのだが、なぜか息を吸うことができなかった。

自分の思うように体が動かないのだ。

（ああ……これは……）

そして、俺の視界はそのまま暗転してしまった。

第一章　死んだ社畜は異世界に

「ん……ここは、どこだ？」

目を開くと、まず視界に入ってきたのは見知らぬ天井だった。

「……よっこいしょ」

俺──吉田《よしだ》歩《あゆむ》はゆっくりと体を起こし、周囲を見回してみる。

三百六十度すべてを見たのだが、やはりこの場所の記憶が俺にはなかった。

そこは一言でいうなら【白】──設置されている家具などもすべて【白】で統一された空間だった。

大体八畳ほどのスペースだろう。一人暮らしをする分にはちょうどいい広さではあるが、全体が真っ白なせいで正直かなり居心地が悪い。

こんな変な場所に住む奴の気が知れな……。

「変な場所で悪かったわね。私はこの白い空間が一番落ち着くのよ」

「っ⁉」

いきなり背後から声が聞こえてきたので、俺は驚いて思わず身構えてしまう。

左半身を前にした状態で両手を口元まで上げる──ボクシングで言うピーカブー（覗き見）

スタイルである。まあ、ボクシングなんてしたことはないのでこの体勢で何かできるわけではないのだが……。

とりあえず、相手がいつ仕掛けてきてもいいように意識を声の主に向けた。

「そんなに警戒しなくていいわよ。流石《さすが》に自分の部屋で暴れたりはしないわ」

「……」

そこにいたのは金髪の美女だった。

いや、そんな生易《なまやさ》しい言葉で表現できるような存在ではないな。

腰のあたりまであるウェーブした金髪、ボンキュッボンという表現が似合うグラマラスな体型、光を反射しそうなほど真っ白な肌、はっきりとした目鼻立ち――簡単に言うとそれらのすべての条件を兼ね備えた、まさに【絶世の美女】と呼ぶに値する存在だった。

それぞれの条件を持っている女性は多くいるだろうし、世の中には先ほどの条件をすべて兼ね備えた美女もどこかにいるかもしれない。

だが、それでも俺は確信を持って言える――「目の前の美女より美しい女性はいない」、と。

正直なところ、そんなレベルのルックスは自然に手に入るものではないだろう……。

「失礼ね。これはすべて天然ものよ」

「っ!?　ああ、すみません」

目の前の女性がジト目で文句を言ってきたので、俺は思わず謝罪の言葉を告げる。

相手が怒っていることをすぐに察して謝罪する——大学を卒業してから今の会社で働いている四年の間に身につけた悲しい習性である。

謝罪でとりあえずこちらのペースに持ち込むのだ。

といっても、今回の場合は俺の方に非があるのを理解していたので、ちゃんとそういう気持ちは込めている。

「全く……この真から美しい私の姿を見て、どうしてそんなことを思うのかしら？」

「……（美人だけど、自分でそんなことを言うのかぁ）」

「……事実なんだから、当然じゃない」

「えっ⁉　口に出てた？」

心の中で考えていたことを指摘され、俺は驚きの声を上げてしまう。

自分の思っていることが即座に口に出てしまうようなら社会人としてはあまりよろしくないので、そういうのは注意しているのだ。

ならば、どうして彼女は俺の言ったことがわかったんだろうか？

驚く俺は女性の方に視線を向けると、彼女は呆れたような表情で睨《にら》みながら口を開く。

「あんたの表情を見れば、そんなことを考えているのはわかるわよ」

「……そうですか」

「それに私は【女神】よ？　相手の考えていることぐらい読めるわよ」

「……（この女神さま、どんだけ自信があるんだ？・）」

「何を考えているのか、わかっているわよ？・」

「すみません」

彼女が般若《はんにゃ》のような表情になったので、即座に頭を下げた。

絶世の美女の綺麗な顔が怒りの表情を浮かべると、美しいのに恐怖を感じるという何とも言い難い感覚を覚えてしまったのだ。

見ていると何かが削《けず》れる――そう思ったので、視線を逸《そ》らす意味でも頭を下げたわけである。

しかし、先ほどの問答で一つわかったことがある。

「俺の考えていることがわかるんですね？・」

「ええ、そうよ。だって、私は【女神】なんだから」

「……わかりました。とりあえず、どうして俺の目の前に【女神】さまがいらっしゃるんでしょうか？・」

彼女が女神かどうかについては今はどうでもいい。

それよりもこの状況について何らかの情報を得る方が先である。

そんな俺の質問に【女神（？・）】さまは答える。

「それはあんたがここに来たからよ？　元々、ここは私のいる場所なんだから」

「？　どういうことですか？」

彼女の言っている意味がわからなかった。

俺が彼女のいる場所に現れたこと自体は理解できたのだが、どうしてそんなことになっているのかがわからない。

日本の三流企業であくせくと働く社畜の俺は、【女神（？）】さまの前に行くことができるような生活を送っているわけではなかった。

まあ、どのような生活をすればそんなことになるのかはわからないのだが……。

そんなことを考えている俺に彼女はとんでもない事実を突きつけてきた。

「だって、あんた死んだわよ？」

「なるほど、俺は死んだんですね……って、えぇっ⁉」

あっさりと言われたので受け入れてしまいそうになったのだが、すぐにとんでもないことを言われたことに気付いたので驚いてしまう。

流石に自分が死んだことを突きつけられて、ショックを受けない人間はいないだろう。

死んだ後にそう言われること自体あるはずはないのだが……。

そんなことを考えていると、頭の中にある記憶が呼び起こされる。

勢いよく迫ってくるトラック。

甲高い少女の悲鳴。

まさに目の前にあるライトと直後に暗転した視界。

「これは……」

「あんたが死んだときの記憶よ。どうやら交通事故のショックで記憶があやふやだったようだから、私が思い出させてあげたのよ」

「……そうですか」

正直余計なことはしないでほしかった。

自分が死んだこと自体は思い出すことはできたのだが、流石に死んだときの光景を見せられるのは精神的にきつかった。

そのときの痛みなんかを思い出すことはなかったが、正直夢に出てくるぐらいのトラウマになりそうだった。

まあ、死んだ後に夢を見るどころか寝るなんてことがあるかはわからないが……。

だが、記憶を思い出して、少し気になることが出てきた。

「そういえば、あの助けた少女はどうなりましたか？」

「それはあんたのおかげで助かったわよ。まあ、助けてよかったかどうかはわからないけどね？」

「どうしてですか？」

彼女の言葉に俺はとまどう。

俺が命を懸《か》けて助けた命なのに、どうしてそんなことを言う？

「あの女の子はね、今日自殺しようとしていたのよ。だからこそ、あんなに考え込んでいたわけよ。といっても、自殺をする前に交通事故に遭うところだったわけだけどね？」

「なっ⁉　なんで、そんな……」

「年頃の女の子――いや、男の子もかもしれないけど、そんな子供たちが自殺を考える理由なんて一つしかないいじゃない？」

「もしかして、【いじめ】ですか？」

「ええ、そうよ。最近の子供は本当に残虐なことを考えるわよね？　正直、女神として長い歴史を見てきた私でも引いてしまうぐらいとんでもないいじめがあるわ。現代日本ってそんなに荒《すさ》んだ世界なのかしら？」

「……」

彼女の言葉を否定することはできなかった。

俺はそんないじめをするような人間ではないことは自負できるが、それはあくまで俺だけの話だ。

いや、ほとんどの人々は誰かをいじめてやろうとは思わないだろう。

そういうことを考えるのは、きっと一部の人間だけだ。

だが、彼らにも他人に当たる理由があるのかもしれない。

どんな理由があっても、いじめは許されないが。

「まあ、とりあえずあんたの助けた女の子は自殺をすることはないんじゃないかしら？」

「……どうしてそんなことを言えるんです？」

「そりゃ、命懸けで助けてもらったのよ？　そんな風に救ってもらった命を粗末にするような馬鹿はそうはいないでしょう？」

「まあ、そうですけど……自殺をするほど追い詰められていたんですよね？　そう簡単に考えは変えられないような……」

彼女の言うことを否定したくないが、素直に受け入れることはできない。

いや、そうなってほしいとは思うが、それはあくまで俺の気持ちだ。

現実が必ずしもそのように動くとは思えない。

現に俺が仕事をしたくないと思っていても、俺の周りに仕事がどんどん集まっていくのが現実だったのだから……。

「まあ、実はもう立ち直っているのよ、彼女。ある出来事をきっかけに、ね？」

「え？　何があったんですか？」

「それは言えないわ。今のあんたに伝えることはできないの」

「……そうですか」

「とりあえず、あんたの助けた少女が前向きになったんだから、それでいいじゃない。自分の命を懸けて一人の少女を助けたなんて、なかなかいい話じゃない」

「……それもそうですね」

彼女の言葉に俺は少し気が晴れた。

たしかに、今さらそんな理由を聞いても仕方がないことだ。

俺の命で一人の少女の心を助けた——その事実だけで十分だ。

「さて、あんたにはこれから二つの選択肢があるわ」

「二つ、ですか？」

俺が満足していると、彼女はそんなことを言ってきた。

その言葉に首を傾《かし》げてしまう。

いや、二つということはもはやわかりきっていることかもしれない。

天国か地獄か……。

「違うわよ」

「えっ、違うんですか？」

考えてみれば、その二つだった場合は俺の生前の行動をもとに向こうが勝手に決めるだろう。

問答無用でどちらかにぶち込まれているはずだ。

では、一体どういう選択肢なんだろうか？

「一つはこのまま天国に行くことね。あんたは特段悪いことはしていないようだし、最後に人助けをしていた。そのおかげで天国の中でも上位の場所に行くことができるわ」

「……なるほど」

「もう一つは剣と魔法の存在する異世界に転生することね。記憶をそのままにチートとかも貰える――まさに強くてニューゲームということね」

「……」

小説とかによくある異世界転生みたいな選択肢だ。

まさか自分がそんな選択を迫られるとは思わなかった。

おそらく彼女は異世界転生の方を推《お》しているのだろう。

明らかにそちらの説明をしている方が生き生きとしている。

まあ、俺が選ぶ選択肢は最初から決まっている。

「じゃあ、天国で」

「なんでよっ⁉」

即決で天国を選んだら、なぜか彼女は叫んだ。

いや、普通はこっちを選ぶものではないのだろうか？

「だって、その異世界転生をしたら、何かしないといけないんじゃないですか？　魔王を倒す、とか？」

「流石にそんなことは強制しないわよ。まあ、自己判断で悪の化身を倒したりすることは止めはしないけどね？」

「……そういう存在がいることは否定しないんですね？」

「ええ、もちろんよ。というか、普通の日本人は剣と魔法のある異世界に行けるなんて話を持ち掛けられたら、即決するものじゃないの？」

俺の反応に彼女は首を傾げる。

彼女の中では、日本人は中二病真っ盛りのおかしな人間なのだろうか？

まあ、サブカルチャーが発達して、そういう作品が世にたくさん送り出されている時点で否定はできないのかもしれないが……。

けれど、俺は違う。

「前世では死にたいと思っていたぐらい働かされていたんです。流石に異世界に転生してまで働きたくはないですよ」

「……ああ、書類にそんな感じのことが書いてあったわね。たしか毎日終電間際まで働かされて、休日出勤のおかげで休日なんてあってないような生活。しかも、ときどき次の太陽が昇るまで仕事をさせられることがある。趣味といえば、近所にある大型書店で立ち読みすることだったかしら？　うわ、こんな生活楽しいの？」

「……楽しいわけないでしょう」

彼女が何やら書かれてある紙を読み上げたのだが、どうやら俺の生前について書かれているようだった。

まさかそんな情報まであるとは……これは彼女が【女神】であるということを信じないわけにはいかないな。

「仕方がないわね。だったら、そういう危険がないような異世界に転生させてあげるわ。貴族の次男坊とかだったら、そうそう危険にさらされることとかないでしょう」

「……それだったら天国で良くないですか？　天国だったら確実に危険にさらされることはないと思うんですけど」

「お断りよ」

「なんでっ⁉」

まさかの拒否に俺は驚いてしまう。

どうして天国を希望するのを断られないといけないんだろうか？

「天国を希望する奴らが多すぎて、キャパオーバーなのよ。そのせいで私たちは天国じゃなくて異世界転生を選ばせるように言われてるのよ。しかも、ノルマ付きで……」

「うわぁ……」

「今月はあと一人なの。あんたさえ頷《うなず》いてくれれば、私は上司に頭を下げなくて済むのよ」

「……」

神様の世界も大変なんだな、と思ってしまった。

何でもできるからてっきり楽な生活をしているのかと思っていたのだが、人間とさして変わらないのかもしれない。

そんな彼女の姿に同情してしまったのか、俺は思わず首を縦に振ってしまった。

「はぁ……わかりましたよ。異世界に転生しますよ」

「本当っ⁉」

俺の言葉に彼女は満面の笑みを浮かべる。

やはり美人は怒った表情より笑顔の方がいいな、関係はないがそんなことを思ってしまった。

こうして俺の異世界転生は決まったのだった。

●●●

「というわけで、あんたに特別な力を授けるわ」

女神さまはそう宣言する。

ものすごい美人なので自信満々な姿がよく似合う。

まあ、今はそんなことは関係ないので気になったことを質問する。

「それって選べるんですか？」

「もちろんよ。といっても、ポイントによって変わってくるんだけどね」

「ポイント、ですか？」

「ええ。前世でどんな行動をしたか、善行・悪行を項目ごとに評価されて換算されたポイントをそれぞれ与えられ、そのポイントから能力を得ていくわけよ」

「……なるほど」

つまり、良いことをしていればポイントが増え、悪いことをしていればポイントが減るというわけだ。

そういうことならば、転生先で酷《ひど》い能力になるという悲惨な状況になることはないだろう。

別に、前世で俺は悪いことはほとんどしたことはないし、人に親切をするようにはしてきたはずだ。

まあ、流石に大きな人助けとかは無理だったが、それでも困っている人を見かけたら声をかけるぐらいはしていた。

そんな性格だからこそブラック企業を辞められなかったわけだが……。

「あんたには2万ポイント与えられているわ」

「2万ポイント、ですか？　それって多いんですか？」

女神さまから告げられた数字に俺は首を傾げる。

他の比較対象がわからないので、イマイチすごいのかどうかすらわからないのだ。

「そうね……これは比較的多い方だわ。大体、一般的な日本人で2000ポイント前後が平均だから、十倍あるわね」

「一般的、ですか……それで過去最高のポイントはどれぐらいなんですか？」

「たしか10万ポイントを超えていたかしら？」

「……」

あまりの差に泣きそうになってしまう。

というか、いくら最高ポイントと比較したとしても、どうしてそこまで差がつくのだろうか？

どういう人生を送ったら、そんなにポイントを得ることができるのだろうか？

怪訝《けげん》そうな表情を浮かべていたのだろうか、女神さまが説明をしてくれる。

「この人たちのことは気にしなくていいわ。片方は聖人君子並みに人助けをしたせいで早死にしてるし、もう一人は小さな親切をコツコツ積み重ねて百歳で大往生したご老人だからね」

「……なるほど」

たしかにそんな人物と比較されたならそれだけの差がついてもおかしくはないな。

流石に自分のことを聖人君子などと思わないし、同じような親切をしていたとしても長い年月には勝てない。

というわけで、俺の年齢でこのポイントは結構すごいのではないだろうか？

「とりあえず、これがポイントで手に入れられるもののリストよ。日用品からスキル、伝説の武器まで何でもござれね」

「ありがとうございます。ちょっと確認してみます」

女神さまがどこからか取り出した書類を渡されたので目を通してみる。

大体二十枚ぐらいだろうか、一枚に百個ほどの項目が書かれているのですべて見るのも一苦労だ。

だが、最初の数枚——いや、半分ぐらいは見なくてもいいかもしれない。

なんせ……。

「なんでコーラとかサイダー……ハンバーガーもありますね？　しかも、1、2ポイントで……」

「ああ、それは異世界にないことを見越してわざわざ持っていきたいという奴らがいたからよ。最初は私もふざけているのかと思っていたんだけど、ジャンクフード漬けになった日本人にとっては必需品だったみたいよ」

「メタボな方ですか？」

「ええ、そうね。たしか死因が【食べすぎで喉を詰まらせ窒息死】だったはずよ」

「……」

なんて嫌な死に方だろう。

俺もジャンクフードは嫌いではないし、学生のころはハンバーガーの有名チェーン店でバイトとかをしていたことがあるので、平均よりは食べていたのではないだろうか？

だが、それでも死ぬほど食べたいとは思わない。

ああいうのは時折食べるからおいしいのであって、常日頃から食べていては必ず飽きが来るはずだ。

まあ、他の人のことは気にしない方向でいこう。

今はどんなものが手に入るのかを確認することが大事だ。

ペラペラとページをめくっていく。

最初の十枚は１０００ポイント以下で手に入る日用品がほとんどだった。

ハンバーガーとかコーラのポイントから換算すると、１０００ポイントが大体十万円ぐらいだろうか？

日本にいたころは当たり前だったものばかりだが、だからといってわざわざポイントを使ってまで手に入れようとは思わない。

消耗品がほとんどだし、異世界でそんなものを持っていたらかなり浮きそうな感じがする。

十枚目の最後にはなんとスマホがあった。

今時のスマホの値段を考えれば、妥当なポイント数だろう。

「このスマホって、異世界でも使えるんですか？」

「使えないわよ」

「へ？」

「そりゃそうでしょ？　異世界に電波なんて飛んでいるはずはないんだし、他にスマホを持っている人間がいるわけでもないんだし……」

「たしかにそうですね……じゃあ、なんでこんなものがあるんですか？」

「一応、使うことができる方法があるのよ。資料の後半にある５０００ポイントのところで、ネットを使えるようにしたり、魔力で充電できるようにカスタマイズしたりできるわ」

「……なるほど」

使うことができるようになるのは理解できたが、流石にそこまでポイントを使おうとは思わない。

５０００ポイントなんて、俺の全財産（？）の四分の一じゃないか。

とりあえず、スマホのことは置いておいて続きを読んでいく。

十一枚目以降は１０００ポイントを超えるものばかりで、ここから異世界のものが交じり始めた。

火属性魔法、水属性魔法、剣術適性、槍術適性……など現代日本ではまずいらないようなものばかりである。

すべてではないだろうが、異世界で生活をしていくうえで、どれかは必要になってくるのだろう。

「こういう魔法とか武器を扱う適性なんかは後天的に手に入らないんですか？　練習とかしたらできるようになりそうなものですけど……」

「う〜ん、無理とは言わないけれどあまりおすすめはしないわね」

「どうしてですか？」

「たしかにあんたの言う通り練習をすればある程度は身につけることはできるわ。でも、本当に才能がない限り身につけることができるだけで、金になるほど使いこなせるわけじゃないの」

「……生きていくうえではその適性がないといけない、ということですか？」

「そういうことね。ちなみにあんたは現在、何の才能も持っていない状態よ」

「つまり、才能系の能力をとっていかないと生きていけないわけか……」

何とも面倒な世界だな。

いや、ポイントで才能が手に入る分、良心的といえるのだろうか？

まあ、そもそもは自由に自分の才能を手に入れることは無理だろうから、俺は恵まれているのかもしれない。

そんなことを考えながら再び確認していく。

後半になるとどんどんポイントが高くなっていくが、どれもが最初の方に出てきた才能の上位互換《ごかん》のようだ。

１０００ポイントでは一属性魔法適性と斬系《ざんけい》武器適性（大）、５０００ポイントになれば全属性魔法適性などの恐ろしいレベルの適性があった。

俺の持っているポイントから考えるならば、魔法か武器のどちらかを取ってもいいのかもしれない。

候補として残しておこう。

そして、とうとう最後のページに到達した。

そこには今までの一覧のように百個書かれているわけではなく、一つ一つが大きく書かれていた。

しかも、一番上にご丁寧に【女神さまのおすすめ】とある。

これを選んだ方が良いのかもしれないが……。

・聖属性の武器　各2万ポイント
・聖属性の防具　各2万ポイント
・聖属性武器適性　各2万ポイント
・聖属性魔法適性　各2万ポイント
・聖属性適性セット　5万ポイント
・闇属性の武器　各2万ポイント
・闇属性の防具　各2万ポイント

・闇属性武器適性　　各2万ポイント
・闇属性魔法適性　　各2万ポイント
・闇属性適性セット　　5万ポイント

「高すぎないですか？」

なんかすべて恐ろしいぐらい高かった。

各々が俺の全ポイントを使って一つ手に入れられるだけだし、お得なはずのセットも全ポイントですら手に入れられない。

なんでこんなに高いんだ？

「ああ、それは英雄とか勇者になりたい人用のスキルね。さっき言っていた聖人君子の方が聖属性セットを選んだわよ」

「……その人なら選びそうですね。俺はいりませんけど……」

「平和な生活を望んでいるんだったらいらないでしょうね？　たしかにおすすめとは書いているけど、あくまでちやほやされたい人用に用意しているだけだわ」

「……」

なんて元も子もない言い方をするんだろうか？

まあ、勇者とか英雄とかになりたい人の中にはそういう理由でなる人も幾人か――いや、結構な割合でいそうな気がする。

流石に自分の身を粉にして世界を救いたい――という人間の方が少数な気がする。

あくまでちやほやされるため、そのために世界をついでに救おうとする人の方が多いんだろう。

だが、もう一つ気になるのは……。

「この闇属性セットについては？」

「ああ、それは闇落ちに興味がある人用ね？　前世で善行をしていたけど、そのせいでストレスが溜まった人は暴れたいがためにそれを選ぶのよ」

「……マジですか？」

闇が深いな。

気持ちはわからないでもないが、前世で善行を積んでいるんだったら転生しても積んでいけよ。

他人に迷惑をかけるな、と言いたい。

まあ、会ったことのない人間には言うことはできないし、他人の願望に文句を言うのもおかしな話だろう。

とりあえず、一覧をすべて確認し、俺が希望するものは決めた。

「全属性魔法適性、魔力回復（天）、身体能力強化（大）、治癒力（大）、全武器適性（大）を頂けますか？」

「わかったわ。その五つで１５０００ポイントね。はい」

「うおっ」

突然、俺の体が白く光ったので思わず驚きの声を上げてしまった。

すぐに光が収まり、体の内側から力があふれるように感じた。

だが、そんな俺に女神さまは注意する。

「力があふれるように感じるかもしれないけど、それはあくまで今だけよ？　転生してすぐには使えないはずだから……」

「そうなんですか？」

「ええ。あくまで適性を手に入れているだけだから、練習とかしない限りは使えることはないわ。まあ、普通の人より上達はかなり早くなるけどね」

「なるほど」

彼女の説明はよくわかった。

いくら天才とはいえ、したことがないことはできるようにはならない。

天才でも、何ができるかを理解し、それを踏まえたうえで訓練しないといけない。

とりあえずできることはわかっているから、それを考えて訓練をしていこう。

「で、残り５０００ポイントあるわ。どうするの？」

「……そうですね～」

彼女の言葉に俺は再び一覧を確認する。

正直、自分のしたいことをして、思うようにスローライフを過ごすうえでこれ以上欲しいものがあるとは思えない。

というか、そもそもこの能力だけでも過剰といえるだろう。

生活をするうえで能力があった方が楽だとは思うが、過剰な能力はより面倒な事態を呼び込むことにもなりかねない。

とりあえずは能力を持っているが、常日頃は抑える生活をしていくつもりだ。

そうすれば、前世のような仕事に追われる生活になることはないだろうし、理想のスローライフを送れるはずだ。

そんな中、一覧を見ていてある項目を見つけた。

そういえば、ブラック企業に勤める以外にもう一つだけ治すべき俺の欠点があった。

「じゃあ、この【――】があるということはその逆とかできますか？」

「ん？　あぁ～、それは無理ね」

希望した項目はあっさりと断られた。

「なんでですかっ!?」

「能力を加えることはできるけど、消すのは私の権限じゃ無理だからよ。それに普通はその能力も男としては憧れるものだと思うけど……」

「……それで苦労してきたんですよ」

「あら、そう。でも、私にもできないことがあるから……」

「そうですか……」

断られたことでテンションが下がってしまったが、流石にこれ以上食い下がりはしなかった。

たしかにそれは欲しかったが、人を困らせてまで欲しいとは思ってはいない。

まあ、女神さまを人扱いしていいかはわからないが……。

「その代わりといってはなんだけど、あんたが日常生活を送るうえで不自由にならない程度の能力を付加しておくわ。【言語理解】、【魔力感知（大）】――この二つがあれば、あんたの才能はすぐにでも開花すると思うわ。ちょうど５０００ポイントだしね」

「ありがとうございます」

勝手に選ばれたが、俺はそれを受け入れた。

今までの会話から彼女が優しい性格であることは理解できたし、付加してもらった能力も俺のために考えられたものだろうから。

「とりあえず、これで私から伝えられることは伝えたわ」

「そうなんですか？　結構あっさりですね」

「まあ、死んだ人間に対してそんなにやることはないわよ？　天国に送るか、異世界に送るかって選択肢しかないから、相当優柔不断じゃない限りはこんなものよ」

「なるほど」

優柔不断な人がどれだけ時間がかかったのか気になったが、今はそんなことはどうでもいいか。

それに俺も新たな人生を早く送りたい。

「じゃあ、転生させるわね。あんたが次の人生を有意義に過ごせることを願っているわ」

「いろいろとありがとうございます。女神さまも頑張ってくださいね」

「っ⁉　うるさいわね……とっとと行きなさい」

「いや、女神さまが送ってくれないと、転生はできないんですけど……」

彼女の言葉に俺はそんな返事をしてしまう。

せっかく感謝の言葉を告げたのに、締まらない終わり方である。

「……最後に一つだけいいかしら？」

「なんですか？」

なぜか彼女は真剣な表情をしていた。

一体、どうしたのだろうか？

そんなことを考えていると、彼女はツカツカと近づき……。
（チュッ）

「えっ⁉」

彼女のいきなりの行動に俺は驚きの声を上げる。

額に感じた柔らかい感触に思わずその場所に手を当ててしまう。

俺は顔が火照《ほて》るのを感じた。

「と、とりあえず、私のために異世界転生を選んでくれたお礼よっ！　【女神の祝福】を与えたわっ」

「えっと……それは……」

「じゃあ、とっとと送るわねっ！　日本ではこういうときに言うでしょ、【早起きは三文の得】って」

「いや、それは意味が違うと……って、ちょっと待って」

「えいっ」

「うおっ⁉」

俺の体が白い光に包まれる。

ああ、これで俺は次の世界に行くのか……。

そう思い、最後のお礼を言おうと女神さまの方に視線を向けた。

そこには顔を真っ赤にして、体を震わせている美女の姿があった。

もしかして、先ほどの行動を恥ずかしがっている？

恥ずかしがるぐらいなら、あんなことをするなよ――俺は思わずそう考えてしまうが、それを口に出すことはなかった。

流石にここまでやってくれた彼女にそんな追い打ちをかけるまねをするのは、俺の良心が許さなかったからだ。

俺は黙って――笑顔のまま異世界に向かうことにした。

それで女神さまへ感謝の気持ちが伝わると信じて……。

●●●

目を開けると見えたのはまた知らない天井だった。

といっても、先ほどまでいた女神さまの部屋のような場所ではない。

きちんと生活感のあるどこかの建物の一室といったところだろうか？

「あら起きたの？」

「あうっ⁉」

近くで女性の声が聞こえてきたので、そちらに視線を向ける。

そこで気が付いたのだが、俺はどうやらその女性に抱きかかえられていたようだ。

振り向くと目の前に美しい女性の顔があったので、驚いてしまった。

炎を連想させる真っ赤な髪。

日本ならば確実に変な色の髪だと思うが、異世界ならばおかしな色ではないのかもしれない。

「おっ、目を覚ましたか？」

「あう？」

目の前にもう一つ顔が増えた。

そこにいたのは茶髪の男性だった。

日本の男性アイドルのように女の子に人気のある爽やか系や可愛い系ではないのだが、男らしさをひしひしと感じるイケメンだった。

この異世界でのルックスの価値観は知らないが、二人とも異性から人気が高いのだろうと思ってしまう。

しかし、目を覚ました瞬間にいきなり現れたということは……。

「ええ、そうね。じゃあ、さっそく……ママでちゅよ～」

「おい、ずるいぞっ⁉　俺だって早くパパと呼ばれたいんだからなっ⁉」

女性が俺に向かって笑顔で自己紹介をし、先んじて言われてしまったことに男の方は慌てていた。

どうやら二人は夫婦で、俺はこの二人の間に生まれた子供のようである。

まあ、【転生】と言っていたので、赤ん坊になっているのは当然だろう。

肉体もそのままに異世界に来た場合は、もうそれは【転生】ではなく【召喚】と呼ぶべきだしな。

「あう、あう」

「おお、反応したぞ」

「ええ、可愛いわね。もしかして、私たちの言葉を理解しているんじゃないの？」

「ははは、流石にそれはないだろう。もし理解していたら、確実に天才じゃないか」

「それもそうね」

声を出して反応を示すと二人は嬉しそうな表情を浮かべている。

まあ、赤ん坊に返事をしてもらえるのは親にとっては嬉しいことなのはわからないでもない……といっても、前世で俺は子供どころか彼女もいない独り身《ひと》だったので、その気持ちをはっきりと理解できるわけではないが……。

しかし、声に反応しただけで浮かれすぎではないだろうか？

たしかに俺は二人の言葉に反応してあげたつもりだが、赤ん坊が言っている内容を理解することはまずないだろう。

（コンコンッ）

「旦那様、奥様。よろしいでしょうか？」

「ん、サーラか？　入っていいぞ」

「はい、失礼します」

部屋に入ってきたのは一人のメイドだった。

そんな彼女の腕の中には……。

「ん？　シリウスとアリスを連れてきてくれたのか？」

「はい。お二人にとっての初めての弟ですので、早めに会わせておいた方が良いと思いまして」

「なるほどな……流石、サーラだ」

「恐縮です」

男の言葉にサーラと呼ばれたメイドは恭《うやうや》しく頭を下げる。

彼女は顔を上げると、ベッドに近づいてくる。

そして、抱っこしていた二人をベッドの上に優しく置く。

「ん～？　このこ、だれ～？」

「ちいちゃい～」

ベッドの上に置かれた二人は揃って俺の顔を見ようとする。

並んでいる顔がとても似ている。

年齢も同じぐらいに見えるということは、双子だろうか？

「ふふっ、この子は二人の弟よ。名前はグレインよ」

「おとうと～？」

「ぐれいん？」

笑顔で説明する女性の言葉に二人は首を傾げる。

どうやら二人は説明を理解できないようだ。

まあ、正確な年齢はわからないが、まだそこまで年端《としは》もいかない子供に説明してもわからないのが当然だろう。

そんな二人の様子にその場にいた大人たちは優しげな表情を浮かべる。

「ふふっ、可愛いわね。このまま成長してくれればいいんだけど……」

「大丈夫だろう？　なんたって、俺たちの子供なんだから」

「貴方の血が入っているから心配なのよ、アレン」

「なっ⁉　どうしてだ？」

女性の言葉に男性が驚いた表情を見せる。

どうやら男性の名前はアレンというようだ。

「貴方は可愛らしさとは無縁の存在じゃない。筋肉が擬人化したような存在の癖に……」

「流石にそこまでじゃないぞっ！　どうしてそこまで言われなくちゃ……」

「……ここ一週間で何回書類仕事をサボったかしら？」

「……」

アレンが反論しようとするが、女性の言葉に黙り込んでしまう。

図星だったのだろう。

　というか、書類仕事をサボったのか、アレンは……。

「別に貴方がそういうのが苦手なことは理解しているわ。けれど、だからといってアレンにしかできないことを放っておくのはいけないわ」

「……はい、すみません」

　女性の言葉にアレンは頭を上げることができない。

　もっともなことを言われ、反論する余地はなさそうだ。

　怒られている姿を見ると可哀想だと思わないでもないが、だからといって聞いている話から彼を擁護《ようご》しようとは思わないけど。

　そこに、不意に誰かが会話に入ってきた。

「……そこがアレンのいいところ」

「うおっ⁉」

「きゃっ⁉　ク、クリス……いきなり現れないでよ」

「……ごめん」

　いきなり現れた女性は謝罪のため頭を下げる。

　だが、声からは一切の謝罪の意思を感じられない。

　いや、別にそれは彼女が不本意ながら頭を下げているとかそういうわけじゃない。

ただただ彼女から感情を感じることができないのだ。

ロボットではないのかと思ってしまう。

そんな彼女は顔を上げると、口を開く。

表情もまた無だった。

「……アレンは細かいことが苦手だけど、体を動かすのが好きなのが良いところ。たしかに書類仕事ができないのは良くないけど、それを私とリズでフォローすればいいだけ。他にも優秀な人材はいる」

「たしかにそうだけど、アレンにしかできないことはどうするのよ？」

「……アレンだと偽《いつわ》って、仕事をする？」

「それはダメじゃないかしら？」

首を傾げてとんでもないことを言うクリスに、リズと呼ばれた母はげんなりしたような表情で諭《さと》す。

冗談なのか本気なのかはわからないが、とりあえず否定はしておきたいのだろう。

「なぁ……俺がダメだという前提で話すのはやめてくれないか？」

そんな会話をしている二人にアレンが入ってくる。

彼としては本人を目の前にそんなことを言われるのは心外だと思ったのだろう。

たとえ事実だったとしても……。

「じゃあ、書類仕事はできるの？」

「……」

女性陣からの指摘にアレンは黙り込むしかなかった。

少しは反論すればいいと思うのだが、言われていることが事実であるため反論することができないようだ。

その様子からリズと呼ばれた女性の心配を俺も感じてしまった。

アレンの子供ということは、一言でいうならば【脳筋】になってしまいそうだ。

いや、別に一概に悪いとは言わないが、だからといって必ずしもいいとは言い難い存在だからだ。

俺、ここでどんな風に育つのだろうか。

かなり不安がよぎる。

こうして俺は異世界に転生したのだった。

●●●

俺は、リクールという王国の南端に位置する土地を治めるカルヴァドス男爵の次男坊——グレイン＝カルヴァドスとして生まれた。

といっても、第一夫人に男の子が生まれている状態で、第二夫人の一人目の男の子として生まれた俺のことを次男というのが正しいかどうかはわからないが……。

まあ、とりあえず貴族の次男坊としてこの異世界に生を受けたわけだ。

父親の名前はアレン＝カルヴァドス、オールバックにした茶髪と獣のような鋭い目つきが特徴のワイルド系イケメンである。

貴族というよりは冒険者といった方が信じられる見た目なのだが、あながちそれは間違っていなかった。

元々冒険者として有名だったらしいのだが、とある事件をきっかけに叙爵《じょしゃく》されて男爵になったそうだ。

どんな事件かは知らないが、平民が男爵とはいえ貴族になれたということはかなりの武勲《ぶくん》を立てたと推測される。

一体、何があったのだろうか……また機会があれば調べてみようか？

ちなみに、このアレンという男は元冒険者だったためなのか、全く貴族らしくなかったりする。

貴族というのはペンとグラスを持つのが仕事のイメージがあるのだが、この男はもっぱら大《たい》剣《けん》を持っているのだ。

筋骨隆々の肉体から振るわれた推定二メートルを超える大剣は、少し離れたところから見ても剣圧を感じるぐらいだ。

剣を振るっただけで届かない位置にある木々の葉がざわざわと揺らめくほどで、それだけでいかにこの男が強いかがわかってしまう。

だが、その分この男は頭を使う仕事にめっぽう弱かったりする。

正確に言うならば、戦闘に関係しない部分が苦手というべきだろうか？

こと戦闘については戦況を確認し、即座に次の行動を決めることができるそうだが、領地を治めるのに必要な書類を一枚読むのにかなりの時間を要していたりする。

この世界には地球にあった時計がないため正確な時間はわからないのだが、体感で一枚読むのに三十分ぐらいかかっているのではないだろうか？

しかも、一枚読むごとに気晴らしに訓練をしようとするので、それを止めるために周囲の人間がものすごく頑張っている。

正直、貴族に向いていないにもほどがあるだろう。

そんなアレンに対して一番説教をしているのは、第二夫人——そして、俺の母親であるエリザベス＝カルヴァドスだ。

燃えるような赤い髪と勝気に感じる吊り目が特徴の美女である。

自分の母親ながらかなりの美人だと思う。

彼女も元冒険者らしく、アレンの二年先輩としていろいろと指導していたそうだ。

彼が冒険者になって一年ぐらいから恋心を抱いていたが、告白するのが恥ずかしくてなかなか言い出せずにいたそうだ。

そうこうしているうちに何の関係も進まないまま数年が過ぎ、アレンが叙爵されてしまう。

冒険者と貴族では身分が違うので今まで通りの関係で過ごすことはできない、彼女はそう思ったが、

『リズ先輩、妻になって俺を支えてくれませんか？』

『え？　えええええええええええええええっ⁉』

アレンの直球の告白に驚いたが、両思いであった喜びもあり、頷いたらしい。

ちなみに俺がこの話を知っているのは、別に彼女がこの話をしたからではない。

むしろ、彼女はこういう話を人に言うのは苦手なタイプなので、ひた隠しにしている。

この話を俺に伝えたのは第一夫人のクリシア＝カルヴァドスだった。

氷のように透き通った青髪と感情の読めない無表情が特徴の女性で、雰囲気だけで俺は初対面で苦手に感じてしまっていたが、そんな雰囲気とは裏腹にとても優しい性格だということはすぐに理解できた。

彼女は元々伯爵家の令嬢だったのだが、魔物に襲われているときに助けてもらったことがきっかけでアレンに恋してしまい、婚約を持ち掛けたらしい。

一方で、エリザベスがアレンのことを好きだということは知っており、アレンをうまく誘導し告白させ、まんまと彼女を第二夫人に収めた。

彼女が自分の娘に自慢気に話していたので、世話をされていた俺も知った。

ちなみに第一夫人のクリスには二人の子供がいる。

俺がこの異世界に転生して初めて見た子供二人のことである。

兄のシリウスと妹のアリスことアリシアの二人である。

この二人は俺の二歳年上で、双子の兄と妹である。

といっても、この二人はあまり似ているとは言い難い。

いや、整ったルックスと氷のように美しい髪という点においてはかなり似ているといってもいいだろうが、簡単に言うならば性格が真逆なのだ。

兄のシリウスは大人しい性格のようで、母親のクリスかメイドのサーラの腕の中でじっとしていることが多い。

面倒を見ている側からすれば、世話しやすいことこの上ないだろう。

逆にアリスの方はというと、元気な性格で何にでも興味を示しやすい。

そのため、目を離した瞬間に勝手にいろんな場所に行こうとしてしまうのだ。

まあ、これは子供なので仕方がないことかもしれないが、シリウスに比べると若干手がかかってしまうのだ。

俺のことを遠くからじっと見つめるシリウスに対し、アリスは積極的に俺に関わろうとしてくる。

頬を指で突いてくるのはやめてほしいが、初めての弟ということで気になるのだろう。

俺は仕方がないので、彼女の指を掴《つか》んであげる。

もちろん思いっきりではなく、きちんと手加減をしてである。

「わぁっ！」

俺が反応を示すと、アリスはとても嬉しそうな表情を浮かべる。

そんな彼女の様子に、周囲にいた大人たちもほっこりとしていた。

「……」

そんな俺たちの様子をシリウスは羨《うらや》ましそうな表情でじっと見つめていた。

だが、彼がこちらに来ることはなかった。

「……シリウスは行かないの？」

「……別にいい」

抱っこしていたクリスがそう聞くが、シリウスはふいっと視線を逸らす。

恥ずかしいのだろうか？

彼からは別に悪感情は感じないのだが、彼のプライドのようなものが邪魔をしているようだ。

子供なのだから、別にそういうことは気にしなくてもいいと思うのだが……。

「シリウス、貴方も可愛がってあげなさい。貴方の弟よ?」

「そうだぞ。上の者は下の者の面倒を見なければいけないんだから、今のうちに訓練をしなさい」

「……はい」

リズとアレンの言葉にシリウスは少し考えてから頷く。

すると、クリスが彼の近くに俺を連れてきて、そっと下ろした。

「ほら、可愛いでしょ?」

「う、うん……」

リズはそういうが、シリウスはどこかぎこちない。

「シリウスもアリスもこんなときがあったんだから」

「そ、そうなんだ……」

「ふふっ、シリウスも触ってあげなさい。『お兄ちゃんですよ』ってね?」

「えっ!?」

リズの言葉にシリウスは驚く。

シリウスは俺に視線を向けるが、彼が俺に触れてくる様子はない。

どうした? と思っていると、彼の手が震えていることに気が付いた。

俺という未知の存在に対して、どのように接すればいいのかがわからないことで恐怖を感じているのだ。

ならば、俺がやるべきことは一つ……。

「あう～（ギュッ）」

「わっ!?」

俺が彼の指を握ってあげると、シリウスは驚いたような表情になる。

だが、彼は俺の手を振りほどくようなことはなかった。

表情を見ると、恐々《きょうきょう》としながらもどこか嬉しそうだ。

そういう表情を浮かべてくれるのならば、俺もこのような行動をとった甲斐があるというものだ。

そんな俺たちを大人たちは温かい目で見つめていた。

異世界に転生してからは、こんな感じで時が過ぎていった。

第二章　転生貴族は異世界を楽しむ

異世界に転生して四年の月日が経った。

四歳ともなれば日本でいうならば幼稚園児――まだまだ子供ではあるが、それでも赤子のころに比べれば格段に行動がしやすくなった。

自分の思っていることを伝えるのに必要な言葉も、思うように発することができるようになったし、動き回るために必要な体の動きにも慣れてきていた。

ただ、この異世界のことについていろいろと見聞を広めるために自由に動こうと思っていたのだが、この世界での俺の立場がそれを許さなかった。

いくら男爵家とはいえ貴族の端くれであるため、子供の俺が動き回るには常に使用人を伴わないといけなかった。

「グレイン様、本日はどうされますか?」

「それは着いてからのお楽しみだよ」

廊下を歩いていると、俺の横にいるメイドが質問してきたので、いたずらめいた風に返事をする。

彼女の名前はリュコス――彼女の周囲にいる人間は愛称でリュコと呼んでいる。

年齢は俺の十歳年上の十四歳で、日本でいうならば中学二年生ぐらいなのだが、年齢の割には大人びた印象の少女である。

彼女の髪は美しい亜麻色《あまいろ》で大変綺麗なのだが、彼女にはそれ以上に特徴的な部分がある。

それは耳である。

本来、人間にあるべき耳が顔の横ではなく頭の上――まるで犬や猫のような耳がついているのだ。

別にこれは彼女が遺伝的におかしなことになっているというわけではない。

彼女が【獣人】という種族だからこそ、このような耳がついているのだ。


この異世界には人間以外にも様々な種族がおり、獣人、エルフ、ドワーフ、小人族、巨人族、魔族などがいるらしい。

しかし、どこの世界でも馬鹿な考えを持つ奴らはいるもので、この異世界ではそれが人間だった。

どの種族も人間の特徴を有していることで自分たち人間が大元《おおもと》のオリジナル、それ以外はパチモン――つまり偽物だと言い始めたのだ。

そして、その思想から自分たちのことを人族と呼び、それ以外を亜人族とひとまとめにして、蔑視《べっし》するようになった。

そのせいで二、三十年前までは種族間の大戦が行われていたらしい。

ただ、人族対その他の種族との戦争が起こったわけではなく、いろんな種族が入り乱れてあらゆるところで小競《こぜ》り合いから殲滅《せんめつ》戦までが行われたという。

というのも、それぞれの種族同士が必ずしも仲が良いわけではないからだ。

例えば、エルフとドワーフは種族的に仲が悪かったので共闘《きょうとう》などできるはずもなかった。

また魔族は闇属性の魔法を使うことができるので、他の種族から嫌われていた。

獣人は人族よりも数が多いのだが、そのせいで獣人の中でもどの種族の味方になるかでもめていたりした。

そんな戦いは数年どころか数十年にわたり、かなり死傷者が出てしまった。

そのうち、これ以上自分たちが疲弊《ひへい》しないよう、種族同士が和平を結ぶことを決めたらしい。

そんな経緯を経て、他種族に敵意を向ける人間も減ったらしいが、それでも昔ながらの考え方を持った人間も残っている。

とりあえず、国の中枢部の半数――国家運営をする半数が未《いま》だにそういう思想を持っているらしい。

まあ、王族は種族融和――種族による差別をするのをやめるべきだという考え方なので、差別派の意見はそこまで大きくなってはいないようだが……。

なんで俺がそんなことを知っているのかというと、このカルヴァドス男爵領の領地の特徴にある。

このカルヴァドス男爵領はリクール王国の南端に位置しているが、大陸の端にあるわけではなく他の国と面しているのだ。

その他の国というのが、獣王リオンが治める獣人の国【ビスト】と魔王ルシフェルが治める魔族の国【アビス】なのだ。

つまり、先の大戦の三つの勢力の境目となった場所に、このカルヴァドス領がある。

人族の領地ではあるが、ありとあらゆる種族が入り乱れて暮らしている。

正確にいうと、他にも他種族が暮らしている場所はあるのだが、この領地ではその数が異常に多い。

それは俺の父親——アレン＝カルヴァドスが「他種族だろうと男爵領に住む者はすべて領民だ」と宣言し、他種族にとっても住みやすい領地にしたからだ。

そして、他種族が仕事に困らないようにいろいろと斡旋《あっせん》したらしく、リュコはその一人としてこの男爵家でメイドとして働くようになった。

まだ幼い彼女を屋敷にいる使用人たちは可愛がり、自分たちの持つ様々な技術を叩き込んだ。

この屋敷の使用人になってから数年経つころには彼女はあらゆる場所で働くことができるほどオールマイティーな存在になっていた。

そして、俺が生まれると彼女は俺の専属メイドになったというわけだ。

あらゆる技能を持つ彼女がそばにいることで、俺は大変快適な幼児期を過ごしていた。

彼女は言葉があまり使いこなせていない時期の俺の声を聞き、的確に俺の求めることをしてくれたほどだ。

正直、俺にはもったいないと思う。

唯一、彼女に足りないものは……俺は横目で彼女のとある一部分を一瞥《いちべつ》する。

「……グレイン様、何を考えていらっしゃるんですか？」

「……ナニモナイデスヨ」

察したのか、ものすごい目つきで睨みつけてきた。

クールビューティーな年上の美女に睨みつけられるのはかなり怖い。

なんでわかったんだ？

獣人としての勘《かん》なのか、はたまた女の勘なのか……。

「よし、着いたな」

「ここは……」

そんな会話をしている間に大きな扉の前に着いた。

ここが今日の目的地である。

「書庫だよ。ちょっと本を読みたい気分なんだ」

「えっ!?」

俺の言葉に彼女は驚いたような反応を示す。

その表情に、普段の彼女からは想像できない焦りのようなものを感じた。

普段のクールな雰囲気からは考えられないが、これはこれでギャップとして彼女の魅力のようにも感じるので今後もこういう表情を見たいと思ってしまった。

でも、なんでこんなに驚くんだ？

「どうしたの？」

「えっと……何でも、ありませんよ？」

俺の質問に彼女はしどろもどろになりながら答える。

それでは何かあると言っているようなものだろう。

もしかして……。

「文字が読めない、とか？」

「っ⁉」

俺の言葉に彼女は全身を大きく震《ふる》わせる。

俺から視線を逸らし、困ったような表情になってしまっていた。

顔には大きな汗の粒が浮かんでいるほどだった。

なるほど……図星のようだ。

しかし、これは意外である。

「優秀なリュコのことだから、文字ぐらい読めると思っていたけど……」

「か、簡単な文字は、よ、読めますよ？　ただ学校に入ることができるほどの読み書きができないだけで……」

「まあ、簡単な読み書きができないと日常生活を送ることすら難しいからね？　あと、計算も大事だ。というか、他の使用人たちからは教わらなかったの？」

「先輩方からは基本的な仕事の技能しか教わりませんでした。なんでも学は捨てて、その道を究《きわ》めるために修業をしてきたので教えられないということで……なので、計算などもちょっと……」

「なるほど」

どうやらうちの使用人たちは読み書き、計算ができない人間が意外と多いらしい。

これはそのうちどうにかしないといけない問題かもしれない。

今は大丈夫でも、もし彼らが屋敷から出ていったりするときに生活をするうえで不便を感じるだろう。

そのときのため、最低限生活に必要な読み書き、計算ぐらいはできるようにしないと……。

まあ、それは後でもいいか。

とりあえず、今はリュコのことである。

「私も別に屋敷で仕事をする分には問題ないと思い、読み書き、計算の勉強は後にしてきました。特にそれで仕事に支障はありませんでしたし……」

「まあ、屋敷で仕事をする分には困らないかもしれないけど、屋敷の外に出るときに困るよ？」

「どういうことですか？」

クールな雰囲気の彼女が首を傾げる。

疑問に思っている表情がギャップで可愛らしく思ってしまったが……おっと、今は関係ないな。

「世の中ってのは意外と文字や計算を使うんだ。いや、むしろそれらで形成されると言っても過言じゃないかもしれないね」

「……そうなんですか？」

「もちろん。例えば、リュコが買い物に行ったとするよね？」

「はい」

「野菜を売っている店に買い物に行ったときに、目的の野菜が銅貨十枚で売られていたとしよう。野菜の前には銅貨十枚と書かれた値札が置かれています」

「まあ、そうでしょうね」

「店主の全員がそんなことを考えるとは思わないし。むしろちゃんとした店主さんの方が多いのはわかっているけど――もし、リュコが読み書きできないことを知っていて、騙《だま》そうとする店主だったらどうなると思う？」

「そ、それは……ですが、流石に私も数ぐらいは読めますよ？」

「うん、そういうことじゃないよ。とりあえず、読み書き、計算ができないという前提で話しているだけだから」

「……はい」

反論しようとしたが、俺の言葉にそれ以上の言葉を収めるリュコ。

「例えば、店主が銀貨一枚と言ったとしても、リュコはそれが嘘であることが見抜けないわけだ。つまり、銅貨十枚のために銀貨一枚を使うなんてぼったくりに遭ってしまうわけだね」

「な、なるほど」

俺の説明にリュコは驚いたような表情を浮かべていたが、どうやら納得することができたようだ。

この異世界には貨幣が四種類——下から銅貨、銀貨、金貨、白金貨がある。

それぞれ百枚ごとに上位の貨幣の一枚と互換される。

銅貨十枚が日常生活でよく使われている野菜一つ分ぐらいだといわれ、大体日本でいうならば百円程度だろうか？

つまり、銀貨一枚で千円、金貨ならば十万円、白金貨ともなれば一枚で一千万円となるわけだ。

先ほどの例でいうならば、彼女は野菜を一つ買うのに百円で済むところを千円も支払ってしまうことになる。

そんなぼったくりに遭わないためにも彼女には読み書き計算など、地球でいうところの小学生程度でできることは最低限覚えてもらった方が良いと思ったわけである。

「まあ、僕も文字を覚えるのも目的の一つとして本を読みに来ているから、一緒に勉強しよう」

「えっ!?　よろしいのですか？」

俺の言葉にリュコが驚きの表情を浮かべる。

「ん？　何を驚いているの？」

「いえ……私のような一介の使用人が主人と同じことをするというのは恐れ多いというか……」

「ああ、なるほど……そういうことか。別に気にしなくていいよ。一緒に勉強した方が効率もいいしね」

「……本当ですか？」

「うん、もちろんさ」

心配そうなリュコに俺は笑顔で答える。

彼女は使用人ではあるが、俺からすれば身内だと思っている。

というか、うちの家族は基本的に使用人のことを身内だと考えている節がある。

主従関係云々を考えるうえではあまりよろしくない考え方かもしれないが、カルヴァドス家自体がそういうものを気にしない——というか、そういうのがあまり好きではない家風なのだ。

「では、お言葉に甘えさせていただいて、一緒に勉強させていただきます」

「うん、それがいいよ」

「まあ、そちらの方が監視する手間も省けますし……」

「えっ⁉　監視っ⁉」

突然の彼女の言葉に今度は俺が驚いてしまった。

なぜ彼女は俺のことを監視しているのだろうか？

「グレイン様は普段からいろいろと周囲を不安にさせるような行動をされているので、キッチリと監視するようにとエリザベス様からのお達しです」

「……そんな行動はしていないつもりだけど」

「子供には似つかわしくない考え方をしているため、大人と同じような行動をとろうとするのが見受けられます。流石に子供の体で大人のように行動するのは無理がありますよ」

「ああ……なるほど」

「あと、私のとある一部分に対して憐憫《れんびん》の視線を向けていますよね？」

「……ソンナコトナイデスヨ」

彼女の言葉に俺は片言《かたこと》になりながら、視線を逸らす。

どうやら俺の考えていることは彼女にバレてしまっているようだった。

これは気を付けておいた方がいいな。

リュコに冷たい視線を向けられながら、俺はそんなことを考えていた。

●●●

「すごいですね」

「ああ、そうだね」

書庫に入った瞬間、リュコと俺は似たような反応をしてしまった。

縦に六段、横に二メートルぐらいの本棚が向かい合って四つずつ、それが五列ほど並んでいた。

一冊を大体五センチと換算すると、一段で四十冊、向かい合った本棚一列で大体二千冊ぐらいだろうか？

つまり、この部屋全体で大体一万冊ぐらいあるということである。一家庭にある本の量としてはかなり多いはずだ。

読む人もいないのに、なんでこんなに本が置いてあるんだろうか、思わず疑問に思ってしまう。

「まずは読めそうな本を探そうか」

「はい。といっても、私は本当に日常生活で最低限必要になってくる簡単な文字しか読めませんけど……」

「僕も大してかわらないよ。これから勉強していくんだしね」

「まあ、そうですよね」

「とりあえず、リュコは上の方を探してくれない？　僕じゃ危ないだろうし」

「ええ、そうですね。上の方は私が探しますね」

そういって、俺たちは二手に分かれて読めそうな本を探していく。

といっても、一万冊もある書庫の中から本を確認していくのに、二手に分かれたとしても時間はかなりかかる。

俺は三段目から下を探しているのだが、一段を確認するのに大体一、二分かかるのだ。

この部屋中の本を確認するのにざっと二～四時間かかってしまうわけだ。

ちょっと面倒だなと思ってしまうが、それでもこの世界の知識を得るためには必要な労働なのだ。

アレンやリズ、クリスなど大人から話を聞くのも悪くはないのかもしれないが、知識などについては個人の主観が入っていることが多いので、本などから得た方が正確であることが多い。

まあ、本にも主観が入っているものもあるので一概にこちらの方が良いというわけでもないが……。

しかし、ここには小さな子供が読むことを考えた本がほとんど置いていない。

まあ、そもそも四歳でここまで積極的に本を読もうと考える方がおかしいのだが、それにしても題名すら読めないものが多いのだ。

簡単な文字ぐらいなら四年もこの異世界で過ごしていると読めるようになっているのだが、ここにある本は日常生活レベルでは読むことができないものばかりということだ。

これはリュコも探すのに苦労しているのではないのだろうか？

「グレイン様」

「ん？　どうした……って、多っ！」

俺が黙々と読めそうな本を探していると、リュコがいきなり声をかけてきた。

振り向くとそこには十冊ほどの本を抱えたリュコの姿があった。

「読めそうな本がこれだけありましたよ」

「そんなにあったの？　こっちは一冊も見つけられなかったのに……というかまだこの部屋の一、二割ぐらいしか本棚を見れてないんだけど……」

「私はこの列以外全部確認しましたよ？」

「早くないっ⁉」

あまりの早さに驚いてしまう。

この部屋に入って二十分ぐらいだろうか、たったそれだけの時間で一万冊ぐらいある本をすべて確認したということだ。

なんでそんなに早いのだろうか？

「読める題名の本を探してみました。それだけならパッと見るだけでわかりますし……」

「それでも早すぎると思うけど……」

「そうですか？」

「……」

特に大したことをやっていないとばかりの彼女の反応に、俺は何ともいえない気持ちになってしまう。

とりあえず、今後は探し物をする際には彼女に頼むことにするか……そっちの方が効率がよさそうだし……。

「で、どんな本があったんだ？」

「そうですね……絵本がほとんどです」

机の上にリュコが持ってきた本を広げる。

そこにあったのは……。


【世界がどうやってできたのか】

【リクール王国の成り立ち】

【龍に滅ぼされたアスラ王国】

【騎士王の物語】

【暗殺術・初級】

【キッド船長の大航海】

【図解・魔物の生態】

【女神エリスの素晴らしさ】

【サルでもわかる料理の作り方・初級編】

【サルでもわかる魔法の使い方・初級編】


「……なんだろう、このラインナップ」

目の前にある本の表紙を見て、思わずそんな言葉を漏らしてしまう。

たしかにどれも俺の知識で題名が読めたのだが、その内容に疑問を覚えてしまったのだ。

世界や国の成り立ちについてはわかる。

騎士王や航海なども物語としてはよくある話だろう。

だが、子供が読める本として国が滅ぼされる話や暗殺術の教本というのは果たして存在して良いのだろうか？

絵本というのは本来子供の情操教育《じょうそうきょういく》のために使われるのだから、教訓や勧善懲悪《かんぜんちょうあく》、国や世界の成り立ちの物語が多いはずだ。

まあ、国が滅んだ話については教訓とかがあるかもしれないのでまだわからないでもない。

しかし、暗殺術に至っては完全に子供に読ませるような本ではないと思ってしまう。

いや、この世界では暗殺術は子供のころから訓練するようなものなのだろうか？

そうだとすると、俺はこの世界の価値観に深い闇を感じてしまう。

あと、【サルでもわかる～】シリーズは一体何なのだろうか？

異世界でも、猿という生き物はそういう扱いをされているのだろうか？

極めつけは【女神エリスの素晴らしさ】という本である。

きっと女神を賛辞する言葉が連なっているのだろうが、俺はこの本を読む気持ちが全く起きない。

なぜなら、以前会った女神さまは美人ではあったが、それ以外の残念な部分の方が印象的である。

この本に書かれてある内容と現実のギャップに耐えられそうにないので、読もうとは思えないのだ。

「どうしましたか？」

「いや、何でもない……とりあえず、これを読もう」

じっとしていた俺にリュコが声をかけてきたが、俺は先ほどまでの考えを彼女に悟らせないために、中でも一番読みたいと思った【サルでもわかる魔法の使い方・初級編】を手に取ったのだ。

「え？　その本ですか……」

「どうした？」

俺が取った本を見て、リュコの表情が陰《かげ》る。

一体、どうしたのだろうか？

「えっと、私は【獣人】なんですけど……」

「知ってるけど？」

「……【獣人】は魔法が使えないんです。一部の【獣人】ならば使うことはできるでしょうが、種族的に体内魔力量はそこまでないので、大した魔法が使えないんです」

「それは普通の【獣人】だろう？　たぶんだけど、リュコは魔法を使うことができると思うよ？」

「えっ!?　どういうことですかっ!?」

俺の言葉にリュコが詰め寄ってくる。

種族的に使えないといわれているのだから、使えるとわかったら期待するのも仕方がない。

彼女にとって魔法を使えるというのは、それほど魅力的なことなのかもしれない。

「父さんや母さんたちが魔法を使うときに何か体内を流れるのが見えたんだ。それがリュコの中にもあるように感じるから、たぶんだけど魔法を使えると思ったんだ」

「……それはつまり私の中に十分な魔力がある、ということですか？」

「うん、そういうことだね。しかも、母さんに匹敵するぐらい大きい塊が、ね」

「エリザベス様にですかっ⁉」

俺の言葉にリュコが驚愕の表情を浮かべる。

ちなみに俺が言っていることは嘘ではない。

この四年間、赤ん坊としてあまり動けなかった俺は家族の日常生活をじっと見ていた。

そして、両親が日常生活で魔法を使っているときに何かが体内を巡っていることに気が付いたのだ。

全属性魔法適性のおかげなのかはわからないが、他人の魔力を把握することができるわけだ。

それでリュコの中に母さん並みの魔力の塊があるのが確認できた。

「どんな魔法が得意かはわからないけど、少なくともその魔力で魔法が使えないはずはないよ」

「でも……どうして、魔力量までわかるんですか？」

「う～ん、それはわからないな。でも、魔法が使えるんならいいんじゃない」

「……そうですね。魔法が使えるのなら、その本を読むのも怖くないです」

「ははっ、その意気だよ」

リュコが元気になったので、二人で【サルでもわかる魔法の使い方・初級編】をめくっていった。

●●●

「ふむ……【魔法とはすなわちイメージである】か」

俺は【サルでもわかる魔法の使い方・初級編】を読み、なるほどと頷く。

魔法というのは魔力があるだけでは使えない、どのように使うかをイメージして初めて使えるものだということだ。

「どういうことなんですか？」

そんな俺の言葉にリュコが首を傾げる。

とりあえず、俺が実践してみることにする。

魔力についてはすでに理解できている。

魔力を持っている人間は胸のあたりに魔力の塊があり、そこからまるで血液のように全身を循環しているのだ。

魔力の塊はいわば心臓のようなものと考えていいだろう。

そして、その魔力を俺は右手に集中させる。

イメージは蝋燭《ろうそく》の炎——小さな光で周囲を照らすイメージを思い浮かべる。

「小さな光よ　照らせ【ライト】」
（ポワッ）
俺が呪文を唱えると右手からソフトボールぐらいの光の球体が現れた。

不安定でまだまだ光量は足りないが、それでも初めてにしては上出来ではないだろうか？

そんな思いでリュコの方に視線を向けると――。

「なんで一回で成功してるんですかっ⁉」

「ええっ⁉」

――なぜかいきなり怒られた。

成功したのに、なんで怒られないといけないのだろうか？

しかし、大きな声を出したことで平静になったのか、リュコはすぐに落ち着きを取り戻した。

「すみません。まさかグレイン様が一回で魔法を成功させるとは思わなかったので……」

「えっと……もしかして、すごいことをしたの？」

「はい。大体、魔法を習い始めるのが五歳ぐらいからといわれており、魔法を使える先生のもとで指導を受け、大体平均一週間ぐらいかかってようやく使えるようになるそうです。ちなみに、一ヶ月かかってもできない場合には魔法の才能がないとみなされます」

「……なるほど」

リュコの説明に納得する。

そういえば、女神さまが適性のない者はいくら練習してもできないものはできないと言っていた。

俺は全属性魔法の適性を貰っていておいてよかった。

「といっても、四歳の時点ですでに簡単な文字を読めるグレイン様なら、魔法を一回で成功させるなんて簡単でしたね」

「……それは褒めてるのか？　褒めるような言葉の中にまるで僕がおかしいといったようなニュアンスを感じるんだけど？」

「……ソンナコトハナイデスヨ」

「……まあ、気にしないでおくよ」

リュコはサッと視線を逸らし、片言で返事をする。

しかも、「ひゅーひゅー」と吹けない口笛を吹きながらである。

「でも、なんで一発で成功したんですか？　私は全く糸口も掴めないんですけど……」

「簡単な話だよ。要は自分のしたいことを頭でイメージして、それを魔力を使ってすればいいんだ」

「えっと……」

「そうだな……例えば、机の上に本があるよね？」

俺はとりあえずわかりやすく説明するために机の上にある本を指さす。

ちなみに本の題名は【暗殺術・初級】だった。

この本を指さしたのに意味はない。

「はい、ありますね」

「じゃあ、リュコがあの本を手に取りたいとき、どうする？」

「えっと……手を伸ばして取りますね」

俺の質問にリュコは少し悩んで答える。

だが、この反応なら魔法を使うのにそこまで苦労しないだろう。

「今、リュコは本を手に取るための自分の行動を頭に浮かべたよね？」

「はい、そうですね」

「それがイメージするってことだよ。頭の中に思い浮かべたことを魔力を使って実現する、それが魔法なんだ」

「な、なるほど」

ようやく俺の説明を理解してくれたようで、リュコが頷いた。

「じゃあ、自分でやりたいことをイメージして、それを循環している魔力で再現してみようか」

「……すみません」

「どうしたの？」

申し訳なさそうにリュコが話しかけてくる。

一体、どうしたんだろうか？

「循環している魔力ってなんですか？」

「あっ⁉」

彼女の言葉に、俺は先ほどまで彼女は自分自身が魔力を持ってることすら知らなかったことを思い出した。

イメージすることを覚えても、彼女は魔法を使うことはできなかったわけだ。


一時間後……。

「どう？　これが魔力の循環している感覚だよ。わかった？」

「は、はい……」

俺の言葉にリュコが頷く。

現在、俺と彼女はお互いの両手を握り合っている。

その状態で俺は彼女に魔力を流し、魔力が流れる感覚を体感してもらうことにしたのだ。

どうやって彼女に魔力の循環している感覚を伝えようかと思ったのだが、どうにも言葉にするのは難しく、こうしたほうがわかると考えたのだ。

なぜか彼女は手を握った瞬間、茹で蛸のように顔を赤らめてうつむいたが……。

「自分の中にも同じように魔力が流れているの、わかるでしょ？」

「はい……たしかに私の中にも同じようなものが流れている感覚がありますね。こんなのが私の中にあったんですね」

「そういうこと。じゃあ、さっそく練習してみようか」

そう思って、彼女から手を離したのだが……。

「あっ⁉」

「ん？　どうしたの？」

「……何でもありません」

なぜか彼女は少し悲しげな表情を浮かべた。

顔を赤らめたり、悲しげな表情をしたり、女の子は難しいな。

「とりあえず、何か思い浮かべてみて。身近なものなら浮かぶんじゃないかな？」

「う～ん、そうですね……蝋燭の火を思い浮かべます」

「うん、いいかも」

「では、やってみますね」

彼女はそう言うと目を瞑《つむ》り、右手を掲げてぐっと力を入れる。

おそらく魔力を集中させようとしているのだろうが、別に力を入れなくても意識をすれば魔力を集めることはできる。

彼女は先ほど魔力の感覚がわかったばかりなので、そんなことを知る由《よし》もないが……。

「グググッ……」

体内にある魔力を一点に集めようとしているのか、どんどん彼女の右手に魔力が集まっていくのを感じた。

やはり俺の見立て通り、かなりの魔力を体内に保有しているようだ。

この世界での平均値は知らないが、それでもかなり多いように感じる。

だが、そこであることに気付いた。

それだけの魔力が右手に集中してるということは、そのすべてで魔法を使うことになるわけで……。

「リュコ、ちょっとや……」

それに気付いた俺は制止しようとするが、

「篝火《かがりび》よ　燃えよ　【フレア】」

その制止もむなしく彼女は呪文を唱えてしまった。

そして……。

（ドオオオオオオオンッ）

「きゃあっ」

「うっ」

彼女の右手から発生した爆発に俺たちは巻き込まれた。

その衝撃で俺は吹き飛ばされ、壁に叩きつけられた。

あまりの痛みにそこで俺の意識は途切れてしまった。

●●●

「……はい、その状態に保ちなさい。魔力を一定にする技術を高められるわ」

「は、はい……わかりました」

数日後、リュコはクリスのもとで魔法の指導――正確に言うならば、魔力操作の訓練を受けていた。

この屋敷で一番人に教えるのがうまいということで、彼女が選ばれたのだ。

アレンは脳筋で魔法など身体強化にしか使わない。しかも、魔力を惜しげもなく使うことで爆発的な身体能力になるが、その分負担が大きくなってしまっている。おそらく普通の人が彼と同じ使い方をすれば、一発で再起不能になってしまうだろう。

魔法というならば、俺の母親であるエリザベスが一番うまく使えるらしいが、彼女はいわゆる天才型——感覚で魔法を使っているところがあるので、人に説明することができないという欠点があった。流石に擬音だけで説明されてしまうと、リュコどころか他の誰にもわからない可能性が高い。

というわけで、消去法で選ばれたのがクリスだった。

彼女は氷属性の魔法で様々な物を造ることができるほど魔力操作に長《た》けており、リュコに教えるには適任であるのもまた事実だ。

ちなみにシリウスとアリスはまだ子供であり、どちらも魔力操作を人に教えるようなレベルではないということで最初から選択肢にはなかった。

「ほら、手が止まっているわよ」

「うぅ……わかってるよ」

そして、俺の方はというとエリザベスの監視下で読み書きの練習をさせられていた。

本来であるならば四歳児にやらせるような内容ではないのだが、先日の一件で俺が簡単な文字を読めることがバレてしまい、それならばいろいろと教えようということで罰がてら教えられているわけだ。

いろんな文字を覚えられる機会だから利点しかないと思うかもしれないが、前世でブラック企業で働いたせいで死んだ俺にとっては、人から強制される勉強などトラウマを呼び起こすスイッチでしかなかった。

彼女は俺に勉強をさせることで罰とするつもりだったのだろうが、違う意味で俺にとっての罰になったというわけだ。


あの日、彼女の魔法で爆発が起きると、何事かと屋敷中の人間が書庫に集まってきた。

そこで視界に入ってきたのは散乱した書物と床で気絶している俺——そして、右手に酷い火傷《やけど》を負ったリュコの姿だった。

その光景に全員が息を呑んだが、すぐに立ち直った大人たちはリュコの治療にとりかかった。

アレンがリュコを運び、リュコの火傷した手をクリスの魔法で冷やした。

そして、回復魔法を使える使用人が一晩かけて必死に魔法をかけ続け、リュコの腕は最悪の事態を回避した。

下手をすれば壊死した腕を斬り落とすことになっていたのかもしれないが、対処が早かったおかげでまぬがれた。

【獣人】の頑丈さも理由の一端なのかもしれない。

【獣人】は魔法を使えない代わりに、身体能力に特化した種族である。

つまり、人族に比べて頑丈であるということだ。

数時間後、ようやく意識を取り戻した俺に待っていたのはエリザベスからの尋問だった。

何が起きたのか、どうしてそんなことが起きたのか——そんなことをきつい口調で問い詰められ、俺はありのまま起こったことを話してしまったわけだ。

当然、説教を受けた。

なんせまだ四歳の子供と魔法が使えないはずの【獣人】がたった二人で魔法の訓練を行っていたのだ。

事故は起こるべくして起こったと言っても過言ではないだろう。

いや、本来であるならば事故など起こるはずはなかった。

年端もいかない子供と普通の獣人では魔法が発動する可能性はなかっただろうし、発動したとしても大した威力にならないからだ。

しかし、今回は組み合わせが悪かった。

四歳児ではあるが前世の知識と女神さまから与えられた力のおかげで天才になった俺と、獣人なのに異常なほど魔力を保有しているリュコの二人だ——その組み合わせだったからこそ、あの爆発が起こってしまったということだ。

説教をされたことで——いや、あんなことになってしまったことで当然俺は反省した。

別に俺自身が自分のミスで怪我をする分にはここまで反省することはなかっただろう。

しかし、今回は俺のミスでリュコに大怪我を負わせてしまったのだ。

俺自身が魔法の初心者であったため、あのような事態になるということすら頭になかったこ
とも原因の一つではあるが、それもよく考えれば想定できることだった。
なまじ俺が一発でできてしまったために他の人も簡単にできると軽く考えてしまっていたの
かもしれない。
説教後、俺はリュコが意識を取り戻したという話を聞き、すぐに彼女のもとに走っていった。
『ごめんなさい、リュコ』
ベッドで横になる彼女のそばで俺は涙を流しながら謝った。
前世ではどんなにブラック企業で働き詰めにされても泣き言一つ言わなかった俺だったが、
身近な人が自分のせいで傷ついたという事実はショックだったのだ。
そんな俺にリュコは弱々しくも笑顔を向けてきた。
『グレイン様が謝ることではないですよ。むしろ、私のような使用人がグレイン様を傷つけて
しまったのですから、謝るのは私の方ですよ』
自分の方が酷い怪我を負っているのに、主人である俺の方を心配している。
異世界の貴族社会であるならば当然のことなのかもしれないが、元々日本で生活してきた俺
にとっては逆に自分が非難されているように感じる言葉だった。
もちろん彼女にそんな意図はない。
本心から俺のことを心配したからこそで、だから俺は余計に罪悪感を覚えてしまう。

「リュコ、すごいわね。私は魔力を一定にするなんてできないわ」

「そんなことはないはずですよ。アリス様なら絶対にこれぐらい簡単にできるようになるはずです」

「……もうかれこれ一年以上訓練してるのにできないわよ？」

「そ、それはまだコツを掴めていないからでは……」

「グレインは数分でできたんでしょ？　まだ四歳なのに……」

「それはグレイン様がおかしいだけですよ。六歳のアリス様ができなくてもおかしくはないと……」

アリスの羨ましそうな言葉にリュコは気遣う。

アリスは魔力を扱って魔法を使うことはできるのだが、細かい調節をすることはできない。

なので、リュコと同じ訓練を受けているわけだ。

といっても、すでにリュコの方が上達してしまっているわけだが……。

「こら」
（バシッ）
「ひゃうっ」

そんな会話をしていると、リュコの手元をクリスが棒で叩いた。

といっても、注意を促すためにギリギリ痛くないレベルで叩いているだけだが。

「……魔法を扱うのはとても危険。だから、集中しなさい」

「はい……わかりました」

「……アリスも自分のやることに集中しなさい。お転婆《てんば》に育つのもいいけど、魔法の扱いまでお転婆はダメ」

「う～」

二人ともクリスに怒られ、シュンとしている。

やはりクリスは魔法を指導するのに最適の選択肢だったのだろう。

あまり口数は多くないのだが、きちんと的確に必要な指示を出している。

危ない場合には注意を促し、正しい方へと修正している。

「グレインもこちらに集中しなさい。これは自分で望んだことでしょう？」

「わかってるよ。ただ、気になって……」

よそみをする俺にエリザベスが文句を言ってくるが、俺としてはやはりリュコのことが気になってしまう。

別に恋愛感情とかではない、ただただ自分のせいで傷ついてしまった彼女を見守らないといけない気持ちがあるだけだ。

しかし、そんな俺にエリザベスは呆れたようにため息をつく。

「はぁ……そんなに気にしなくていいんじゃないかしら？　たしかに私も怒ったけど、それは魔法の訓練を勝手にしたことに怒っているだけよ」

「でも、僕のせいでリュコを傷つけちゃったんだよ？」

「別に後遺症は残っていないし、あれから数日しか経っていないのにすでに日常生活に戻れるほど回復してるわよ」

「……それでも傷つけたのは事実だよ」

俺はリュコの右腕に視線を向ける。

彼女の右腕は日常生活が送れるほど回復しているのは事実ではあるが、だからといって以前と同じわけではない。

たしかに以前と同じように動かすことはできるかもしれないが、彼女の腕には酷い火傷の跡が残っているのだ。

それを見るたび俺はこの先ずっと後悔してしまうだろう。

そんな俺にエリザベスは妙なことを言ってくる。

「傷つけたことを申し訳なく思ってるんでしょ？　ならリュコちゃんをお嫁さんに貰っちゃえば？」

「へっ、そういうわけじゃ……」

「あらあら、照れちゃって可愛いわね。四歳なのに、もうこんなことを考えているなんて……」

「ちょっ、何を……」

「別にいいんじゃないかしら？　私としてはあんな可愛い子が娘になるなんて嬉しいし、グレインにお嫁さんができたら母親として安心だわね」

「いや、流石に早すぎるでしょ？」

「ふふっ、早いに越したことはないわよ？」

「はぁ……」

母親の言葉になぜか俺は焦ってしまっていた。

俺としては全くそんなことは考えていなかったのだが、その言葉のせいで変に意識してしまう。

自身の言葉を思い返すとたしかにそう取られてもおかしくないことに気付き、さらに顔が火照るのを感じる。

俺は思わずリュコの方に視線を向ける。

「？」
（バッ）
いきなり視線を向けられたリュコはよくわからなかったのか首を傾げたのだが、その姿が可愛く見えてしまったので即座に顔を逸らしてしまう。

今まで近くにいてそんなことを考えたことなかったのに……。

まさか……本当に……。

●●●

「さあ、どこからでもかかってきなさい」

「はぁ……」

両手を広げて笑顔を浮かべるアレンの言葉に俺は大きくため息をつく。

現在、俺たちは屋敷の庭で向かい合っている。

距離的には五メートルほどだろうか、子供の足でも接近するのに一秒もかからない。

そんな距離感で俺たちは木剣《ぼっけん》を持って向かい合っているのだ。

別に親子喧嘩をしているわけではない。

むしろアレンの方はこれからすることを楽しんでいる節がある。

もちろん、俺の方はその逆の感情ではあるが……。

「お前が成長するのを二ヶ月も待っていたんだぞ、グレイン。だから早く俺にその力を見せてくれ」

「いや……四歳児にそんなに期待しないでよ」

アレンの言葉に俺はげんなりしてしまう。

自分の息子に何をそんなに期待しているのだろうか？

ちなみに、なぜこんな状況になっているのかを説明しよう。

リュコの魔法が暴発したあの一件から俺が天才であるという認識になった。

それから俺は母親であるエリザベスから読み書きやら魔法の使い方などを習い、半年ほどでどちらも大人顔負けのレベルになっていた。

といっても、魔法に関しては中級魔法までしか使うことは許されていない。

それ以上のものを使うことはできるのだが、一発が周囲に多大な影響を及ぼしてしまうのだ。

だが、そんな状況に文句を言う人間が現れた。

それが父親であるアレンだった。


『お前たちだけグレインと楽しんでずるいぞ。俺だって、グレインと一緒に訓練したいんだ』

エリザベスたちが俺にいろいろと教えている姿を見て、羨ましくなったようだ。

そして、これだけ天才なんだったら戦闘の訓練だってできるはずだと言ってきたわけだ。

まあ、俺は全武器適性（大）があるおかげで、たしかに戦闘の才能も有している。

しかし、そのときはまだ四歳になったばかりである子供の体――たとえ手加減してくれたとしても、到底耐えられるわけがないのだ。

そう思ったエリザベスがアレンに説教をする。

『たしかにグレインは天才だと思うけど、まだ訓練なんてできるわけないでしょ？　しかも、貴方は手加減とか苦手じゃない』

『うっ⁉』

そもそも手加減すらできなかったようだ。

まあ、戦うときは常に身体強化を全開に使っている人だから、手加減するのは苦手なのかもしれないが……。

まあ、そのおかげで訓練をしなくてもよく……。

『……でもグレインならそれぐらいはできるかもしれないわね。だったら、怪我が完治するまでは待ちなさい。それからならば、許可をしてあげるわ』

『えっ⁉』

『まあ、それもそうだな……』

『へっ⁉』

エリザベスの言葉に真逆の反応をする俺とアレン。

俺の表情はまるで信じている人に裏切られたときそのものになっていたと思う。

いや、なんで怪我が完治したらＯＫが出るんだよ。

だが、シリウスやアリスが訓練を始めているのであれば、おかしくはないのかもしれない。

『とりあえず、その間に貴方も手加減を覚えなさい。できないようだったら、訓練はさせませんからね』

『……はい』

妻に課題を言いつけられ、肩を落とす夫。

完全に尻に敷かれているな。

まあ、彼女も一応俺のことを考えてくれていたようでちょっとだけ安心した。

そんな感じで四歳二ヶ月になった俺はアレンとの訓練をすることになったわけだ。

どうやらアレンは俺と訓練することを楽しみにしていたようで、しっかりと手加減を覚えてきたようだ。

といっても、訓練中は周囲の木はなぎ倒され、大きな岩は砕かれ、果たして手加減の練習だったのかはわからない。

まあ、エリザベスが許可を出しているということは手加減はできるようになっていると願いたい。


「どうした？　かかってこないなら、こっちから行くぞ？」

「わかったよ。じゃあ、行くよ」

「どんとこい」

俺の言葉にアレンは自信満々に胸を叩く。

流石にアレンからの攻撃を受けるのは、四歳児の体では怖い。たとえ、相手が手加減をしてくれても、だ。

攻撃をできるだけされないためには、こちらから攻める方が良いのだ。

こっちが攻撃を仕掛ければ、アレンも受けてくれるだろうし……。

俺は膝を軽く曲げ、足に力を入れる。

そして、一気にその場から駆け出した。

「はあっ」
（ガッ）
「ほう、すごいな」

俺の突きを木剣であっさりと受けたアレンが少し驚いたような——だけど、嬉しそうな表情を浮かべる。

自分の息子の成長を感じることができたのが嬉しかったのだろう。

だが、これだけが俺の成長だと思わないでほしい。
（ガッ）
「ん？」

自分の木剣を掴まれたことにアレンが少し怪訝《けげん》そうな表情を浮かべる。

命のやり取りをする戦場ならば掴んでいる部分は本物の刀身なので今のようなことはできないが、今、手にしているのは木剣——手が切れる心配はない。

俺はその木剣を軸に逆上がりの要領で体を回転させる。

といっても、四歳児の筋力では難しいので、風属性の魔法で回転を補助しているが……。

「やあっ」

（ブウンッ‼）

「むっ⁉」

俺の蹴りがアレンの顎を掠《かす》める。

といっても、薄皮一枚切っただけだ。

これでは脳を揺らして脳震盪《のうしんとう》を起こすこともできない。

攻撃を回避したアレンは木剣を振るって俺を弾き飛ばす。

数メートルほど吹き飛ばされた俺は風魔法を使って緩やかに着地する。

おそらくアレンもこれぐらいなら俺は何ともないことがわかったので弾き飛ばしたのだろう。

普通の四歳児――いや、新人冒険者ですらこんな芸当は難しいのではないだろうか？

俺の場合は魔法があるから軽々しているように見えるが、実際に魔力の調整が難しかったりする。

うまいこと威力を調整し、バランスをとって着地しているのだ。

「やるじゃないか。まさかグレインがここまでできるとは思わなかったよ」

「まあ、魔法がないとこんなことはできないけどね」

「魔法も含めてそれがお前の力だ。魔法を使ってできるなら、それはお前の技術だ」

俺の言葉にアレンがそんなことを言ってくる。

てっきり戦闘の訓練で魔法を使うことは卑怯《ひきょう》だと言ってくるかと思ったが、どうやらこの世界での戦闘は魔法込みで考えられているらしい。

まあ、実際の戦闘で相手が魔法を使ってきたとして、卑怯だなんて言う方がおかしいだろうしな。

そこまで言ってくれるのなら、今の俺の全力をぶつけるとしよう。

流石に全力で戦わないのは、楽しみにしてくれた人間に失礼だからな。

俺は再び足に力を入れ、その場から駆け出す。

しかも、今度は風魔法による補助付きだ。

「スピードが上がったか」

俺の変化に気付き、嬉しそうにするアレン。

だが、スピードが上がるだけじゃないぞ。

俺は力いっぱい地面を蹴り、アレンに向かって跳躍する。

アレンの顔へと勢いよく突っ込んでいる形だ。

「そんな見え見えの攻撃なら簡単に止められ……」

「真正面から行くわけないよ」

「なに？」

俺の言葉にアレンが少し戸惑う。

俺だって流石にそこまで馬鹿ではない。

いくらスピードを出しても真正面から行けば止められることぐらいはわかっていた。

(ブワッ、バッ)

「はっ」

俺は風魔法で軌道を変え、頭を越えるようにしてアレンの背後に回る。

そして、地面に着地した瞬間に背後から勢いよく突きを放つ。

だが……。

「いい狙いだ。俺じゃなかったら、やられていたんじゃないか？」

「なっ⁉」

不意を突いたと思ったのに、すでにアレンは俺の方に向き直っていた。

完全に裏をかいたと思ったのに、なんて反応速度だ。

そして、攻撃を中断して防御しようとしたが……。

「フンッ」
(バキッ)
「がっ⁉」

アレンが木剣を振り抜き、防御の上から俺は殴られた。

あまりの衝撃に俺は肺から息を吐き出してしまう。

防御は間に合ったはずなのに、まさかここまでの衝撃が来るとは思わなかった。

というか、手加減できてないだろ、これ。
（ドサッ）
心の中でアレンに対する文句を言いながら、俺は意識を失って倒れてしまった。

●●●

「うぅ……まだ痛い……」

「……大丈夫？　とりあえず、冷やして」

「うん」

クリスが氷の入った袋を渡してきたので、俺はお腹に氷を当てる。

先ほど意識が戻ったときに服をめくって確認したのだが、青あざができていた。

これが前世だったら、確実にいじめか虐待《ぎゃくたい》を疑われるような怪我だった。

まあ、この世界にそういうのはなさそうだし、これをした当の本人は悪びれた様子もないし……。

「ははは っ、まさかグレインがあそこまで才能があるとは思わなかったぞ。俺も思わず反射的に反撃してしまった」

「だからといって、あそこまですることはなかったでしょっ⁉　体に傷が残ったらどうするのよっ！」

「いや、青あざだったら残らないだろう。まあ、どんどん積み重ねていけば消えない傷にはなると思うが……」

「そう思っているんだったらやめてくれないかしら？　たしかに訓練するに越したことはないけど、子供たちを傷つけるのはやりすぎよ」

「……」

エリザベスの正論にアレンは反論することができない。

「グレインっ」

「アリス姉さん」

相変わらずな二人の会話を聞いていると、いきなりアリスが声をかけてきた。

その声はどこか嬉しそうだ。

何かあったのだろうか？

「さっきのなに？　全くわからなかったんだけど？」

「さっきの？」

「うん。空中で動く方向が変わったの、どうやったの？」

「ああ、なるほど」

彼女の言葉にようやく何を聞きたいのかがわかった。

たしかに普通に考えれば、俺はおかしな動きをしていただろう。

「風魔法で体の動きを変化させただけだよ。同じ方向に向けたらスピードを上げられるし、別の方向に向けたら空中でも動くことができるんだ」

「へぇ……魔法でそんなことができるんだ。私にもできるかな？」

これは俺がチート並みの能力を持っているからできたことかもしれないが、それでも可能性がないわけではないと思う。

父親はあまり魔法には長けていないようだが、母親であるクリスやエリザベスは魔法を使うのが得意みたいだ。

そんな彼女たちの子供ならば才能があると思われるし、彼女たちのもとで訓練をすればあれぐらいのことはできると思うが……。

「アリス姉さんならでき……」

「……たぶん無理」

「「えっ⁉」」

そんな彼女の気持ちを折るような言葉を告げる者がいた。

クリスだった。

彼女は感情の見えない表情ではっきりとそう告げてきた。

「どうしてよ、母様。グレインにできるんだったら、姉の私にも……」

「グレインは魔力の扱いが上手。少なくとも五歳児どころか魔法の専門家ですら舌を巻くぐらいすごいの」

「そんなにすごいの？　あんまり大きな魔力は出ていないように感じるけど……」

「大きな魔力があるからといって優れているわけじゃない。少ない魔力でもすごい魔法使いはいっぱいいる」

「？　どういうこと？」

クリスの説明にアリスは首を傾げる。

まだ六歳の彼女には難しい話だったのかもしれない。

だが、そんな彼女にクリスは理解できるように説明を続ける。

「例えば、大きな魔力の人と小さな魔力の人が戦ったらどっちが勝つと思う？」

「そんなの大きな魔力の人じゃない。当たり前よ」

「その理屈だとアレンは私やエリザベスに負けるということになる」

「えっ……あ、たしかに」

クリスの言葉に一瞬驚いたような反応をしたが、すぐにアリスは納得する。

正直なところ、この場で一番魔力の保有量が低いのは父親であるアレンなのだ。

だが、実際に強いのはアレンである。

「アレンがどうして強いかわかる？」

「えっ⁉　鍛えているからじゃないの？」

アリスの反応は当然だろう。

アレンが強いのは訓練馬鹿であるがゆえに、普段から日常的に体を鍛えているのも理由の一端だろう。

だが、それだけで魔法が使える奴らに敵《かな》うわけがない。

鍛えるにしても限界があるのだから……。

「アレンは自分の魔力を効率的に使うためにあることをしているの」

「あること？」

「自分の魔力を無駄に使わないために得意なことだけに魔力を使っているの」

「へ？　そんなこと？」

クリスの説明にアリスが再び驚きの声を漏らす。

まあ、驚くのも無理はない。

説明を聞く限りそこまで難しいことをやっているような感じがしないからだ。

しかし、実際はそんなに簡単な話ではないだろう。

「アレンは【身体強化】だけにすべての魔力を使っている。そのおかげで他の魔法を使う人たちと互角以上に渡り合えるほどの力を有しているの」

「父様って意外とすごいのね？　リズお母様によく怒られているから、ちょっと情けないと思っていたけど……」

酷い言われようである。

まあ、子供から見れば、あの夫婦関係だと母親の方が強いと感じるのは当然かもしれないが……。

今はそんな話はどうでもいいか。

「でも、アレンはあくまで【身体強化】で戦える範囲で強いだけなの。【身体強化】で戦えない、遠距離からの攻撃には極端に弱いの」

「あっ⁉　そういうことか」

アレンが強いのは【身体強化】で足りない分を補っているからだが、身体でなんとかできない攻撃に対しては無防備ということだ。

これは特化型の弱点といえるだろう。

少ない魔力がゆえに特化型にならざるを得ないわけだが、そのせいで弱点も露骨に出てきてしまうわけだ。

「とりあえず、グレインの魔力の扱いはおそらく将来そのレベルになると思う」

「じゃあ、どうして私にはできないの？」

「アリスにはその才能がないから」

「っ⁉」

はっきりと告げられた言葉にアリスが悲しげな表情を浮かべる。

実の母親に否定されたのだから、そういう反応になっても仕方がないが……。

しかし、別にクリスも否定をするだけではない。

「アリスは魔力の細かい操作の才能はないかもしれないけど、魔力保有量はかなりのものがある。質より量で勝負することができるわ」

「じゃあ、私はそういう方面で鍛えていけばいいのね」

「ええ、そういうことよ」

アリスの言葉にクリスが頷く。

「うん、わかった。そういう訓練をしていくわ」

「頑張りなさい。私たちの娘ならできるはずよ」

「うん」

クリスの言葉にアリスが嬉しそうに頷く。

うん、親子っていいなと思う光景である。

そんなことを思っていると、

「……」

（ん？）

不意に視線を感じた。

その方向を見ると、屋敷の窓からこちらを見ている人物がいた。

シリウスだった。

彼は無表情ではあるが、どこか悲しげな眼でこちらを見ていた。

「一体どうしたのだろうか」、そう思ったのだが、彼はすぐに興味を失ったように視線を逸らした。

そんな彼の様子がとても気になってしまった。

●●●

「あら、グレイン様。どうかなさいましたか？」

アレンとの訓練の後、一度自室に戻ってからシリウスの部屋に向かう。

そして、シリウスの部屋の近くで紅茶の入ったカップをお盆にのせた女性に声をかけられる。

彼女はサーラ――シリウスとアリスの専属メイドだ。

腰のあたりまで伸びた茶色の長い髪とグラマラスな体型が特徴の女性で――優しげで包容力がありそうなところがリュコと異なり、かなり女性的な雰囲気を持っている。

といっても、別にリュコが女性として劣っているというわけではないが……。

彼女はリュコよりも先にメイドとしてうちの屋敷で雇われており、シリウスとアリスが生まれたときに二人の専属のメイドになったのだ。

ちなみに、彼女はリュコとは違ってしっかりと両親はご存命である。屋敷の近くの村に住んでいるらしく、休暇を貰えばたまに顔を見せているらしい。

「やあ、サーラ。シリウス兄さんは部屋にいる？」

「はい、いますよ。おそらく読書中だと思いますよ」

「ありがとう。じゃあ、部屋に向かわせてもらうよ」

「では、グレイン様の分の紅茶も入れてきますね」

「うん、お願い」

そんな会話をして、俺たちはその場で分かれる。

俺はノックをして、声をかける。

「シリウス兄さん、入っていい？」

「……」

返事がない。

だが、俺は気にすることなくドアを開ける。

中に誰かいる気配はしっかりと感じたからである。

おそらくだが、兄さんは読書に集中しているため、俺の声に気付かなかったのだろう。

勝手に中に入るなんて大人だと常識知らずと言われそうだが、今の俺はまだ四歳児なので許されるだろう。

むしろ、ノックして中にお伺いを立てる方がおかしいぐらいだと思う。

「やっぱりいた」

「……」

部屋の中に入ると、窓際で椅子に座って本を読んでいるシリウスの姿があった。

華奢《きゃしゃ》な体つきと青色の美しく長い髪が女の子と見間違うほどで、窓辺で本を静かに読んでいる姿なんて【深窓の令嬢】と評してもいいぐらいだと俺は思っている。

まあ、兄さんというぐらいだから男なんだけど……。

俺はそんなことを思いながらシリウスに近づいていく。

彼は何を読んでいるのだろうか……。

【暗殺術・中級編】

「……」

読んでいる本の名前を見て、今度は俺が黙ってしまう。

まさか俺が読みすらしなかった本の、しかも中級編をシリウスが読んでいるとは思わなかったからだ。

なんで彼はそんな本を読んでいるのだろうか？

シリウスの心にはどんな闇が……。

「ん？　グレインかい？」

そんなことを考えていたら、ようやくシリウスが俺の存在に気が付いた。

彼は一切驚いた表情を浮かべず、勝手に入ってきた俺の存在を受け入れていた。

「やあ、兄さん。相変わらず、本が好きみたいだね」

「ああ、そうだよ。本を読んでいると、自分もそこに書いてあることができるんじゃないかって思えるからね」

「ああ、なるほど……」

納得しかけたが、それと同時に「その本で？」とも思ってしまう。

「それでどうしてグレインは僕の部屋に？」

「いや、兄さんと遊ぼうと思ってね」

「僕と？　それだったらアリスとか父様と遊んだ方が楽しいと思うけど？」

俺の言葉にシリウスは首を傾げる。

おそらく、体を動かしたりするのが得意ではない自分と遊ぶのは楽しくないと思っているのだろう。

まあ、あれだけ楽しそうにアリスとアレンが訓練している姿を見ていたのであれば、そっちの方が楽しいと思ってしまうのも仕方がないかもしれない。

だが、別に俺はそういう遊びをしに来たわけではない。

「あれは遊びじゃなくて、訓練だよ？　それに今回は兄さんとこれで遊ぼうと思ってね」

「ん？」

俺は三十センチ四方の板を取り出す。

その板には、八×八の六十四マスが書かれている。

そして、その他に黒と白で色が着けられた石もある。

ココから導き出される答えは……。

「これは【リバーシ】っていうゲームさ」

「【リバーシ】？」

初めて聞く言葉にシリウスは首を傾げる。

まあ、弟からいきなりそんな言葉が出てきたら、そのような反応も仕方がないだろう。

俺はリバーシの説明を始める。

「このゲームはまず真ん中に白と黒を二つずつ対角線上に置くんだ。そして、交互にそれぞれの色の石を置いていく」

「うん、なるほど」

「同じ色の石で挟んだら、挟まれた石はその色になるんだ。それで最終的にどちらの色が多いかを競うゲームだね」

「……面白そうだね」

俺の説明を聞いたシリウスが少し楽しげな表情を浮かべる。

彼ならばそう言ってくれると思っていた。

彼は運動ができない代わりに頭を使うことを得意としている。

つまり、こういう遊びに興味を示してくれると思ったのだ。

「あと、石が置けるのは必ず同じ色で挟める場所にだけ。関係のない場所には置くことはできないよ」

「……そうなのか。あと、【挟む】というのはどこまでが【挟む】なの？」

「その石を挟んで対角線上にあればいいから、縦横斜めは全部いけるね。でも、角の石を囲んだからといって挟んだことにはならないからね」

「つまり、角に置くことができたらもう取られることはないということだね」

「うん、そういうことだよ」

流石はシリウス、すぐにリバーシのルールを理解してくれた。

「でも、どうして僕とやろうと？　父様やアリスとやってもいいと思うんだけど……」

「たぶんだけど、あの二人とやっても面白くないと思うんだ。あの二人は体を動かす方が好きだし、こういうのは苦手そうでしょ？」

「……たしかにこのゲームはじっとして動かないし、頭を使いそうだね。あの二人には向かないな」

俺の説明に納得するシリウス。

俺がここに来たのは、リバーシしながら一緒にいれば、もしかしたら普段心を開かないシリウスの気持ちがわかると思ったからだ。

それに、彼は【暗殺術】なんてぶっそうな本を読んでいる。

気にならないわけがない。

「じゃあ、さっそくやろうか。兄さんからでいいよ」

「いいのかい？　……もしかして、後攻の方が勝ちやすいとか、そういうのがあるのかい？」

「そんなことないよ。どちらが勝つかは展開次第だし、後攻の方が勝ちやすいなんてことはないと思うよ」

「なら、先にさせてもらうよ」

「うん、どうぞ」

俺の言葉に納得した兄さんが黒の石をさっそく置いた。

俺も兄さんに続いて白の石を置いた。

●●●

「よし、角がとれた」

「ああ、しまった」

シリウスが黒い石を角に置く。

先ほどまで白が優勢だったのに、一気に盤面が黒くなってしまう。

流石である。

「このリバーシって楽しいね。こういう遊びを思いつくなんて、グレインはやっぱりすごいよ」

「そうかな？」

「現に今までこの世界にこんな遊びはなかったと思うよ。僕が知る限りでは聞いたこともないし……」

「そうなんだ」

シリウスの言葉に俺は頷く。

この異世界にリバーシがなかったら、俺が発明したとシリウスが思っても仕方がない。

でも、地球にあったものをやって見せただけだから、なんだかそう思われるのも申し訳ない感じがする。

「……グレインはいいよね」

「なにが？」

突然、シリウスが羨ましそうにそんなことを言ってきた。

それはリバーシを思いついたことについてだろうか？

これは前世の記憶で作ったものだから、そんなに羨ましがられるような頭脳を持っているわけじゃないんだけど……。

「グレインは魔法の扱いも上手だし、戦闘も父様に認められるほど才能があるじゃないか」

「ああ、そのことか……」

「僕は頭は悪くないけど、戦闘はからっきしだからね。この前もアリスに負けちゃったよ」

「ああ、そういえばそうだったね」

シリウスはあまり運動は得意ではない。

女の子のように華奢な体で大きな得物を振るうことなどできるはずもないし、性根《しょうね》が優しいせいなのか攻撃をするのも躊躇《ちゅうちょ》しているように見えた。

そのせいでここのところ双子の妹であるアリスに模擬戦で負け続きなのである。

まあ、それはアリスが戦闘面では恐ろしい才能を有しているのも理由の一つではあるが……。

「このままだと、グレインが次期当主の有力候補かな」

「どうして？　兄さんがいるのに僕が継ぐとは思えないんだけど……」

「グレインの方が才能があるからだよ。父様はこの領地を繁栄させるために最も効果的な選択をするはずだよ。だったら、僕じゃなくてグレインを選ぶ、それが当然さ」

「……」

シリウスの言っていることは間違いではないと思う。

領地を経営している貴族が次期当主として選ぶのであれば、最低限領地を運営していける力を有し、できるならば発展させる力を持った者にするだろう。

といっても、立派な跡継ぎが生まれるかどうかなど運次第だし、一部ではあるが長男が継ぐべきだという考え方を持つ者もいる。

そんな理由で衰退し、没落した貴族もいるぐらいである。

兄弟の中で最も優秀な人間を次期当主に選ぶ、それができない貴族――つまり、プライドが邪魔しているようなところから潰《つぶ》れていくわけだ。

「とりあえず言うけど、僕は当主になるつもりはないよ」

「えっ？　なんで？」

「だって、面倒だし……」

「面倒、ってそんな理由で？」

俺の答えにシリウスが驚きの表情を浮かべる。

まあ、彼からすれば自分がなりたい当主を【面倒】という理由だけであっさりと辞退しようというのだから、驚いて当然だろう。

だが、俺にだって理由はある。

「貴族の当主って責任がいる仕事じゃないか。しかも、領民をまとめ上げるだけでなく、他の貴族と交流しないといけないし……」

「まあ、それが責務みたいなものだし、仕方がないとしか……」

「絶対にやりたくない」

「そんなことをはっきり言わなくても……」

俺の言葉に呆れた表情を浮かべるシリウス。

でも、俺は前世で社畜だったことがきっかけで死んでしまったのだ。

異世界に来てまで働きたくない。

働くにしても、せめて楽しいと思いながら金を稼ぎたい。

「でも、父様に選ばれたらどうするの？　当主直々の指名じゃ断れないと思うけど……」

「その場合は家出するよ」

「家出っ⁉　そこまで嫌なの？」

「うん」

シリウスが本気で驚いているが、俺にだって選ぶ権利はある。

何が悲しくて当主なんて面倒なことをやらなきゃいけないんだ。

そういうのはやりたい人がやればいいんだ。

「でも、グレインがいなかったら、カルヴァドス家は……」

「兄さんが継げばいいんじゃないかな？　長男だし」

「そんな理由で継げたら苦労はしないよっ！　妹にすら戦闘で負けるほど弱いんだよ？」

「というか、そもそも貴族の当主に戦闘技術っているの？」

最初から抱いていた疑問を聞いてみる。

たしかに戦闘ができるに越したことはないと思うのだが、別に弱いからという理由で当主になれないわけはないと思うのだが……。

「別にそういうわけじゃないけど、妹に負ける兄が当主になったらどうなると思う？」

「え？　……ただただ戦闘が苦手なのかな、と？」

「舐《な》められるんだよ。妹にすら勝てないような弱い貴族の当主、ってね」

「そういうもんなの？」

「そうだよ」

正直わからない。

人には得手不得手があるのだから、別に妹に戦闘で負ける兄がいてもおかしくはないと思う。

というか、そもそもアリス姉さんが異常に強いだけだとは思うが……。

だが、シリウスは一つだけ勘違いしている。

「でも、うまくやれば兄さんはアリス姉さんに勝てると思うよ」

「えっ⁉　無理でしょ」

「そんなことはないよ」

俺の言葉にシリウスは首を振ったが、俺はそれを否定する。

彼は負け犬根性がついてしまっているのか、こと戦闘に関してはかなり自信をなくしてしまっている。

だが、俺だって何の根拠もなく言っているわけではない。

「兄さんは魔法が得意だよね？　たしか、氷でいろんなものを作り出せていたと思うけど」

「たしかにできるよ。でも、アリスだって氷属性の魔法を使えるし、向こうの方が威力の高い魔法が使えるよ」

「クリス母さんが言っていたけど、魔力の量が戦闘の強さとすべて同じなわけじゃないんだよ？」

「……たしかにその理屈はわかるけど、それでも僕の魔法は人を攻撃するのには向いていないよ」

「……」

なかなかシリウスは自信を持ってくれない。

そこまでアリスにやられたことがショックだったのだろうか？

普通なら、「なにくそ」と頑張ると思うのだが……。

「じゃあ、一回僕の言う通りにやってみたらいいよ。これができたら兄さんは確実に勝てると思うし」

「えっ⁉　本当に？」

「もちろんさ」

驚くシリウスに俺は自信満々に頷く。

たしかにシリウスとアリスを比べれば圧倒的にアリスの方が強いだろうが、だからといって
シリウスの方に勝ち目がないわけではない。

うまいことすれば、シリウスにだってチャンスはあるのだ。

「この家の戦闘は父さんがいるせいで偏ってるからね、兄さんが気付かなくても仕方がないと
思うよ」

「えっ、どういう……」

「とりあえず、ほい」
（パチッ）
「えっ……あぁっ、一気に逆転されてるっ⁉」

「よし、じゃあ行こうか」

「う、うん」

俺は白い石で一気に形勢を逆転させると、シリウスに声を掛ける。

兄の威厳《いげん》を回復するために一肌脱ぐとしますか。

そう思って立ち上がろうとすると……。

（ガチャッ）

「シリウス様、グレイン様。紅茶をお持ちしました」

「「……」」

サーラが紅茶の入ったティーポットとクッキーをのせたお皿を持ち、部屋の扉を開けて入ってきた。

彼女が部屋に入ってきたことで、俺とシリウスは立ち上がろうとした姿勢で動きを止めてしまう。

せっかく外に行こうとしたのに、なんとタイミングの悪い……。

まあ、この状況ではすることは決まっている。

「……とりあえず、紅茶を飲んでから行くとしようか？」

「……うん、そうだね」

俺とシリウスは若干気持ちを削がれながら、再び席に着いた。

流石にこの状況でサーラの持ってきたものを無視して、訓練に行こうとは思えない。

「？」

そんな俺たちの反応にサーラは状況を理解できず、首を傾げていた。

それでものほほんとした表情をしているので、本当に困っているようには見えなかったが……。

●●●

「えっと……本当にいいの？」

不安げな表情のアリスに俺は笑顔で返事をする。

まあ、彼女がそんな表情を浮かべるのも仕方がない。

なんせ、自分よりも弱い相手が「どこからでもかかってこい」と言ってきたからだ。

そんな彼女に俺ははっきりと告げる。

「もちろんだよ。アリス姉さんは好きなようにかかってくればいいから……いつも通りね？」

「ちょっと待って、グレイン。本当にあんな作戦で勝てるの？」

だが、そんな俺の宣言にシリウスがストップをかけてくる。

せっかくいい感じなのに、どうして止めるかな。

「僕の言った通りにすれば勝てるはずだよ。少なくとも今の姉さんには勝てる」

「いや、そんな簡単に言うけど……」

「兄さんはいつまでもアリス姉さんに負けたままでいいの？」

「うぐっ」

文句を言おうとするシリウスだったが、俺の質問に言葉を詰まらせる。

長男の意地としてそれを肯定することは言えなかったのだろう。

彼だって男なのだから。

「あんまり無茶はするなよ。シリウスは華奢なんだから……」

「わかってるわ」

俺たちが会話していると、アレンが口を挟んできた。

完全にシリウスのことを下に見た発言である。

まあ、戦闘能力に関してはアリスに比べればシリウスの方が下であるのは事実なのだが……。

それでも実の父親が本人を目の前に言うことではないと思う。

「兄さん」

「なに？　正直、怖くて手が震えているんだけど……」

「父さんを見返したくないの？　華奢だからという理由で姉さんに負けることを何とも思っていない父さんを」

「……」

俺の言葉にシリウスは黙り込む。

だが、どうやら何も言えなくなったわけではないようだ。

アリスと戦う覚悟を決めたみたいだ。

なら、さっそく根性を見せてもらおう。

「姉さん、もういいよ」

「……わかったわ。何を画策したかは知らないけど、作戦を立てたからってシリウスが私に勝てるとは思わないでっ」

俺の言葉を聞き、アリスが地面を蹴って駆け出した。

そのスピードは風魔法を使った俺よりも遅いが、六歳の少女にしては別格だった。

そんな彼女が剣を構えながら、兄さんに向かってきたのだ。

正直、その勢いは魔法を使った俺でも真っ向から受けようとは思えないほどだった。

少なくとも同年代で彼女の突進を止められる人間はほぼいないのではないだろうか？

「はあっ」

気合の入った声と共に彼女は走りながら突きを放つ。

それはシリウスに怪我をさせない配慮をしているつもりなのか、彼の腹部を狙っていた。

そういう気遣いは大事だとは思うが、そのスピードでは当たった時点で大変なことになると知ってほしいものである。

突きがシリウスの腹部へと近づいていき、直撃する——と思った瞬間、

「凍てつく壁よ　我が前に　【氷壁《アイシクル・ウォール》】」

（パキパキッ……バキッ）

「えっ!?」

アリスが驚きの声を上げながら、動きを止めた。

アリスとシリウスの間には二十センチほどの厚みの氷の壁が現れ、その氷に彼女の木剣が突き立ったのだ。

もちろん、この氷の壁を造ったのは兄さんだ。

これが俺のアリス対策の作戦その一【氷の壁で動きを止めろ】である。

正直、アリスが近づくスピードに間に合わないと思ったのだが、シリウスの魔法発動スピードはそれを上回ったようだ。

しかも、かなりの厚みがあるため、勢いをつけて突き立った木剣はそう簡単には抜けそうになかった。

しかし、アリスもただやられているわけではなかった。

「この程度の壁……壊してやるっ！」

（ビキビキッ）

「うおっ」

アリスが力を入れた瞬間、兄さんの造った氷の壁にひびが入る。

まさかあの状態から氷にひびを入れるとは思わなかった。

一体どれほどの力を加えれば、そんなことになるのだろうか？

しかも、木剣が折れないようにしっかりと強化魔法をかけているようで、こと近接戦闘に関するアリスのセンスには舌を巻いてしまう。

正直、本当に魔法が苦手なのかと思ってしまう。

まあ、彼女の才能はアレンと一緒でこと近接戦闘に関してだけだろうが……。

「アリスっ、手を離してすぐに飛び退《の》けっ」

「えっ!?」

状況を見ていたアレンがアリスに指示を出す。

しかし、いきなりの指示にアリスは驚き、どう対応すればいいのかわからずにその場で動きを止めてしまった。

木剣に力を込めた状態で固まる彼女を見て、シリウスが口を開く。

「凍てつく鎖よ　かの者を縛れ　【氷縛《アイシクル・バインド》】」

（パキパキパキッ）

「きゃっ……冷たっ」

シリウスが呪文を唱えた瞬間、氷が壁から木剣を伝ってアリスの両手を縛りつける。

しかも、肘のあたりまでがっしりと凍らされているため、完全に動きを封じられた状態である。

いくら彼女の怪力でもこの状態から抜け出すことはそう簡単にはできないだろう。

そして、動きを封じられた彼女の首元に……。

「これで僕の勝ちだね」

「う……」

シリウスが木剣の切っ先を突きつけ、笑顔で勝利を宣言した。

そんな彼の表情を見て、アリスはとても悔しそうに目尻に涙を浮かべていた。

まあ、今まで何度も勝ってきた相手に傷一つつけることなく完敗してしまったわけだから、悔しくないわけはないだろう。

といっても、別にこれでシリウスがアリスよりも強いことを証明したわけではない。

単純な戦力ならアリスの方が断然上であることは変わらない。

今回はあくまでアリスの戦闘スタイルの裏をかいた作戦を立てたので、シリウスが勝てただけなのだ。

「兄さん、おめでとう。初勝利だね」

「ありがとう、グレイン。まさか本当に勝てるとは思わなかったけど……実際に勝ってみるとかなり気分がいいな」

俺が声をかけると、シリウスは今まで見たことのない笑顔で返事をしてきた。

クリス同様に無表情がベースのシリウスの笑顔を見て、俺はかなりレアなものを見れたと思い、嬉しくなってしまった。

そもそも子供が笑顔を浮かべない家庭って、地球ならかなりまずい家庭のような気がする……。

まあ、ここは異世界なのでそういう常識はないと思うが……。

●●●

「く〜や〜し〜い〜。シリウス、もう一回勝負して」

「あはは……流石にそれは嫌だね。たぶんだけど、次やったら負けそうだし……」

「そんな〜」

アリスは再戦を申し込むが、それをやんわりと断るシリウス。

だが、その選択は間違ってはいない。

シリウスが次戦えば、おそらく——いや、ほぼ確実に負けるだろう。

先ほどの作戦はあくまで不意打ち——作戦を知らなかったアリスだからこそ通用しただけなのだ。

バレてしまえば、簡単に対処できるだろう。

「それにアリスの方が強いことはみんな知っているんだから、それでいいんじゃないかな？」

「でも、今まで勝っていた相手に負けたまま終わるのは私のプライドが許さないのっ」

「……まあ、わからないでもないんだけど、そこは兄のプライドを優先して諦めてくれない？」

「うぅ〜」

どこまで負けず嫌いなんだろうか？

まあ、誰も負けて嬉しいとは思わないだろうが……。

二人がそんな会話をしているとアレンが話しかけてくる。

「ははは、今回はお前の負けだな、アリス」

「うぅ……父様」

「お前は戦闘の才能はかなりのものがあるが、だからといって完璧ではない。少しはフェイントなんかを身につけた方が良いな」

「……じゃあ、教えてよ」

「そういうのは自分で身につけるべきだ。というか、状況に合わせてやるべきことは変わってくるから、その場で対応できるようになった方が良いな」

「それはどうすればいいのよ」

「自分で見つけろ」

「うぅ～」

アレンの言葉にアリスが頬を膨らませる。

だが、彼の言う通りだろう。

たしかにフェイントを身につけることは大事ではあるが、そういうのは使う場面によってやり方が変わってくるのだ。

つまり、そのときの状況に合わせた技を使えるようになった方がいい。

「しかし、まさか本当にシリウスが勝つとは思わなかったな。こと戦闘面に関してはあまり期待していなかったからな。もう一度、俺の訓練を受けてみる気はあるか？」

「あはは……それは流石に耐えられないよ」

「む？　そうか？」

「今回勝てたのはただの作戦勝ち。僕自身が強くなったわけじゃないよ」

「……たしかにそうかもしれないな」

そこは否定してやれよ、親父。

たしかにシリウスは強くなってはいないのかもしれないが、だからといってそれを肯定するのは父親としてはやってはいけないだろう。

しかし、そんなアレンは真剣な表情をして忠告してくる。

「だが、魔法の訓練は再開した方が良いな、シリウス」

「え？」

「お前の魔法は門外漢の俺から見てもかなりのものだとわかる。それを訓練していけば、おそらくかなりのレベルになることができるはずだ」

「本当にっ！」

父親からの言葉にシリウスの目が輝く。

今まで自分の戦闘面に自信がなかったのが、妹に勝つことと父親に褒められたことで自信がついたからだろう。

まあ、シリウスの魔法の才能については俺も気付いてはいたが……。

「魔法の発動速度や効果は現時点ですでにレベルが高い。攻撃系の魔法はあまり得意ではないようだが、先ほどの魔法を鍛えれば冒険者でも十分にやっていけるレベルだぞ？」

「やった……でも、僕は別に冒険者になりたいわけじゃないんだけど？」

「何を言っているんだ？　俺の子供たちなんだから、冒険者としてある程度は経験を積んでもらうぞ？」

「「えっ⁉」」

アレンの言葉に俺とシリウスは同時に驚きの声を漏らす。

そんなの、聞いたことがない。

どうして貴族の子供が冒険者にならないといけないのだろうか？

「俺としては冒険者として経験を積み、うちの領民を守ることができるようになってもらいたいわけだ」

「いや、だからって冒険者になる必要は……」

「そうだよ。たしかに強いに越したことはないけど、そのために冒険者になるのは……」

「お前たち、このあたりの魔物がどれだけ強いかわかっているか？」

「「へ？」」

アレンの指摘に俺たちは呆《ほう》けた声を出してしまう。

魔物の強さなんて見たこともないしわかるはずなんてない。

それは引きこもり気味だったシリウスも同じだろう。

「大体、最低が中級だな。あくまで魔物の幼生体《ようせいたい》だが、な」

「「えっ⁉」」

今度は驚愕しながら、青ざめてしまった。

幼生体の時点ですでに中級――それはつまり成体になれば、それよりも格段に強い存在になるというわけだ。

魔物のランクは低級、中級、上級、特級――そして、災害級の五段階に分けられている。

初級は新人冒険者が一人で倒すことができるレベルからパーティー単位で倒すことができるレベルぐらいだ。

中級は中堅冒険者――冒険者になって三、四年目の冒険者がパーティーで戦うような相手、上級は十年近い経験のベテラン冒険者が戦うような相手なのだ。

特級は一部の天才――【化け物】なんて呼ばれるような奴らが戦う魔物である。

そして、災害級についてはそんな特級ですら可愛げがあるように思える魔物たちのことで、まさに【災害】と呼ぶべき存在だ。

たった一体の魔物が一夜にして国を亡ぼすなんてことが過去にもあったらしく、そういう存在がいることがわかったら即座に逃げろと言われている。

まあ、その災害級については置いておこう。

今はこの領地にいる魔物たちについてだ。

「じゃあ、ほとんどの魔物が上級、ってことじゃ……」

「まあ、そういうことだな。時折、特級とかも現れるぞ」

「えっ⁉　そんなのを相手にどうしたら……」

「だから、冒険者になれと言っているんだ」

「……冒険者になったとしても、そんなのを相手にどうしろ、と？」

父親からのとんでもない指令に俺とシリウスは同時に文句を言う。

何が悲しくて、そんな危険なことをしなくちゃいけないんだよ。

せっかく異世界に転生できたのに、また死ぬ羽目になるじゃないか……。

「お前たちは十分に才能がある。少なくとも数年訓練すれば上級の魔物を倒すことができるレベルになるぐらいいな」

「どうしてそんなことがわかるの？」

「そりゃ、俺が元冒険者だからだ。これでも特級の魔物を何度も倒したことがあるんだぞ？というか、このあたりに現れる特級の魔物は基本的に俺が相手しているしな」

「「ええっ⁉」」

まさかの事実に今までで一番大きな驚愕の声を出してしまう。

父親が冒険者であることは知っていたのだが、まさかそれほどとは思わなかった。

しかも、今の口ぶりからすると一人で倒しているように聞こえる。

それはつまり、【化け物】と呼ばれているような存在であるということだ。

俺はよくそんな相手から一本を取れると思っていたな……。

「アリスは近接戦闘、シリウスは魔法――パーティーを組んだらバランスがいいじゃないか。そこにオールマイティーなグレインが入れば、完璧だろう」

「「いやいやいやいや」」

アレンのトンデモ理論に思わず異議を唱えてしまう。

言わんとすることはわかるのだが、そう簡単に事が進むはずがない。

たしかに今の話の通りにいけば冒険者としては完成度の高いパーティーになるとは思えるが、だからといって全員が冒険者になるとは限らない。

少なくとも、シリウスは戦うことが苦手なのだから……。

「先ほどの戦闘でわかったが、シリウスには魔法の才能がある。冒険者としてやっていけるレベル――かつてのリズのようになれるはずだ」

「えっ」

「まだまだ鍛えるべき点はたくさんあるが、正しい指導者のもとで訓練を積んでいけば冒険者になるころにはかなりの使い手になることができるはずだ」

「……」

アレンの褒め言葉にシリウスが黙り込む。

もしかして……俺は嫌な予感がする。

「……」

シリウスは言葉を発しない。

そうだ、よく考えるんだ。

いつもの冷静なシリウスに戻って返事してくれ。

「どうだ？」

アレンは再度聞く。

「わかったよ。冒険者になる」

「おお、頑張ってくれるか」

シリウスが落ちてしまった。

まあ、今まであまり褒められたことがなかったものだから、褒め言葉に弱かったのかもしれない。

これは想定していなかった俺のミスか……。

「よし、これでこの領地も安泰――」

「父さん、僕は別に冒険者になるつもりは……」

「――安泰だな。三人が揃えば、特級の魔物すら倒せるだろう」

「……」

冒険者になることを否定しようとしたが、アレンはあっさりと聞き流しやがった。

しかも、俺が逃げられないようにわざわざ「三人」の部分を強調して、だ。

俺が冒険者にならなかったら、シリウスとアリスが危ないということを理解させるために……。

なんて卑怯な。

スローライフを送るつもりが、まさかの危険なことをさせられることになるなんて……。本当にとんでもないとこに転生させやがったな、あの女神。

俺は地面に手をつきながら、美人だが残念な女神のことを思い出していた。

●●●

「貴方、これはどういうことかしら？」

俺が落ち込んでいると、いきなり女性の声が聞こえてきた。

聞き覚えのある声だったので、顔を上げると……。

「リ、リズっ⁉」

そこにいたのは憤怒《ふんぬ》の表情を浮かべるエリザベスの姿だった。

そんな彼女の登場にアレンがなぜか驚く。

一体、どうしたんだろうか？

「今の時間、貴方は書類をチェックする時間よね？　どうしてこんなところにいるのかしら？」

「えっと……それは……」

「まさか、仕事をサボって子供たちと訓練をしていた、とか言わないわよね？」

「……」

完全にバレていた。

アレンは何も言い返すことができず、ただただ黙ることしかできなかった。

というか、俺たちが提案したせいで父親が怒られているのは少し申し訳なく思ってしまう。

まあ、訓練を口実にサボったアレンにも問題はあると思うが……。

「それで、あの氷の壁は一体どういうことかしら？　訓練で使ったの？」

「えっと……それは……」

妻の尋問にアレンはどう答えるべきか悩んでいる。

だが、書類作業すら苦手な彼が考えたところで満足してもらえる言い訳など思いつくはずがない。

そんな中、予想外の助け船が入る。

「ん……これは、シリウスの魔力」

「えっ⁉」

いつの間にか現れたクリスが氷の壁に触っており、壁を作った人物を見事に言い当てていた。

まさか魔力で誰かわかるとは思わなかった。

流石の俺でもまだそんな芸当はできないからな。

「本当にシリウスが造ったの？　グレインの間違いじゃなくて……」

「うん。グレインの魔法だったら、もっと変な感じがするはず……これは純粋な氷魔法」

変な感じとは一体どういうことだ？

意味がわからないが、魔法が得意なクリスが言うのであれば気になるようなことがあるのだろう。

まあ、注意とかされていないので、悪いことではないと思うが……。

「それで、貴方？」

「……はい」

「どうしてシリウスの作った氷の壁がこんなところにあるの？　しかも、木刀が突き刺さっているじゃない。訓練には参加させないんじゃなかったの？」

「えっと……」

エリザベスの質問攻めにアレンの顔がどんどん青ざめていく。

おそらく両親たちの間でシリウスは訓練に参加させないと決めていたのだろう。

だが、俺とシリウス本人の頼みのためアレンは断れなかったのだ。

仕方がない、助け船を出すか……。

「母さん」

「なに、グレイン？」

「父さんは悪くないよ」

「どういうこと？」

俺の言葉にエリザベスが怪訝そうな表情を浮かべる。

助け船を出したことに気が付いたのか、アレンの顔に色が戻る。

どれほど怖かったのだろうか？

あと、助け船を出したつもりではあるが、絶対に成功するというわけではないことを肝に銘じておいてほしい。

「たしかにシリウス兄さんは模擬戦闘をしたけど、それは僕とシリウス兄さんが望んだことだよ」

「っ⁉　なんでそんなことをっ！」

俺の説明で彼女の表情に再び怒気《どき》が含まれる。

うん、アレンが恐れる理由がわからないでもないな。

だが、ここで引いてしまうと俺が怒られることになりそうなので、恐怖を押さえて説明を続けよう。

「いつまでもシリウス兄さんがアリス姉さんに負けたままでは駄目だと思ったから、勝つための作戦を考えたんだ。それで戦闘をして……」

「まさか……勝ったの？　シリウスが？」

「うん」

エリザベスの驚いたような反応に俺は頷く。

クリスも同様の表情を浮かべている。

どれほどシリウスは戦闘面で期待されていなかったのだろうか。

思わず同情してしまいそうになるが……。

「シリウス、大丈夫なの？」

「……怪我とかしていない？」

「ふぇっ⁉」

二人の母親は俺の答えを聞くや否や、シリウスに慌てて話しかけた。

彼女たちはシリウスが模擬戦で勝っても、怪我の心配の方が大きいようだ。

まあ、妹に負けるような兄ならば、勝ったとしても辛勝《しんしょう》――どこか怪我を負っていてもおかしくはないしね。

「どこも怪我をしていないようね」

「ええ……ちょっと魔力が減っているけど、体に異常はない」

「……僕は大丈夫だよ。というか、なんでそんなに心配を……」

「『それはシリウスだからよ』」

「……」

母親二人にハモられたシリウスは思わず黙ってしまった。

心配してくれるのはありがたいが、自分だからという理由で心配されるのは男として少し心外だと思ったのだろう。

まあ、彼の今までの立場なら仕方がないのだが……。

「はぁ……僕は無傷でアリスに勝ったんだよ。ちゃんと父様が見てくれていたから、不正もないしね」

「本当なの？　あのアリスに？」

「……信じられない」

「……泣いてもいい？　流石にそこまで言われると、涙が出てきそうになるんだけど……」

「『ごめんなさい』」

シリウスの反応に母親たちは頭を下げる。

彼女たちからすれば心配していただけなのだが、自分たちの言葉が彼を傷つけたことに気が付いたのだろう。

まあ、これで彼女たちも疑うことはないだろう。

「別にアリスを力づくで倒したわけじゃないよ？　ツッコんできたアリスをあの氷の壁で拘束しただけだから」

「……なるほど」

「それだったら、シリウスでもアリスに勝てる可能性はあるわね」

シリウスの説明に母親たちは納得する。

だが、彼女たちが納得したことにシリウスが少し悲しげな表情になる。

まあ、簡単に納得されるのも不本意だろう。

「といっても、もう一回やって勝てるわけがないから、もう戦うつもりはないよ」

「……危険だからやめた方が良い」

「そうね。今のアリスの攻撃なんか食らったら、シリウスの骨じゃ耐えられないはずよ」

「……まあ、それは僕も納得しているよ。あと、一つ決めたことがあるんだ」

「「？」」

「僕、魔法の訓練をしようと思っているんだ」

「「えっ⁉」」

シリウスの言葉に二人の母親は驚く。

しかし、驚きながらもそこには嬉しそうな雰囲気を感じた。

「それは本当なの？　なんでいきなり魔法を訓練しようなんて……」

「……アリスに負け続けて訓練自体嫌になったんじゃないの？」

だが、嬉しそうな雰囲気とは裏腹に彼女たちから出てきたのは心配の言葉だった。

まあ、息子が頑張ろうという気持ちは嬉しいだろうが、それよりも息子のことを心配しないといけないと思ったのだろう。

しかし、そんな二人にはっきりと彼は宣言した。

「今回の戦闘で僕は思い知ったんだ。僕でも頭と魔法を使えば、アリスを倒せる――この領地にいる魔物だって倒すことができるんだって、ね」

「……わかったわ。そこまでシリウスが言うんだったら、私は止めない」

「クリスっ⁉」

シリウスの宣言をクリスはあっさりと受け入れた。

そんな彼女の反応にエリザベスは驚く。

「……シリウスがここまで言うんだったら、母親として応援するのが当然」

「でも、魔物を倒すとか言ってるのよ？　このあたりの魔物がどれだけ強いか知っているでしょう？　私たちでも一人で倒せるかどうか、ってレベルなのよ？」

「……作戦を立てたとはいえ、今のアリスに勝てるのならば問題はないと思う。現時点でアリスは新人冒険者すら相手にならないほど強いんだから」

「それはそうだけど……」

クリスの言葉をエリザベスは理解したようだが、納得はできないようだった。

まあ、今まで心配していた子が自立しようとしているのだから、心配するのは仕方がないだろう。

そんな彼女に配慮してだろうか、クリスはシリウスに話しかける。

「……シリウス」

「どうしたの？」

「……一つだけ約束して。魔物と戦うことは認めるけど、絶対に危険なまねはしないこし。危険だと思ったら、わき目も振らずに逃げなさい」

「……」

「……約束できる？」

「うん、わかった」

「よし」

自身の提案を受け入れた息子にクリスは満足げに頷く。

そんな二人の会話を横で見ていたエリザベスは大きくため息をつく。

「クリスが認めるんだったら、私も認めるしかないわね」

「……ごめんね。私としては息子が立派になると嬉しいから……」

「それは私にとってもよ。シリウスは私がお腹を痛めて産んだ子じゃないけど、それでも息子だと思っているもの」

「リズ……ありがとう」

どうやらシリウスのことは認めてもらったようだ。

これでめでたしめでたし――そう思ったのだが……。

「さて、貴方……お説教の続きをしましょうか？」

「えっ、リズっ⁉」

シリウスの件に納得したエリザベスはいつの間にかアレンの方に向いていた。

彼女はアレンの服の襟首を掴むとそのまま屋敷の方まで引っ張っていった。

「……ふふっ」

俺はその光景を呆然と見ていたが、いつも通りの光景だとすぐに気付いて思わず笑い声を漏らしてしまった。

これが俺の異世界での日常――案外悪くないな。

第三章　転生貴族はのんびりできない

四歳になって三ヶ月が経った。

だからといって、今までと何かが変わったというわけではない。

相変わらず俺はぐうたら生活しようとしているが、それを両親たちが許してくれない。

正確に言うと、俺に対して期待しているため、無理矢理いろんなことを詰め込もうとしてきているのだ。

しかも、なまじ俺に才能があるせいか、詰め込まれたことをほとんど身につけてしまい、さらに大人たちの期待を煽《あお》ってしまう。

手加減をすればいいのかもしれないが、これも前世での癖か手を抜くことができないのだ。

その悪循環のせいで俺の異世界スローライフは遠ざかっているわけだ。

最近では、両親たちに加えてアリスも俺のスローライフの障害になっている。

なぜなら、彼女はシリウスに負けたことをきっかけに、さらに近接戦闘の訓練に打ち込み始めたのだ。

そして、その相手に俺を選ぶようになっていた。

父親であるアレンと今まで訓練をしていたのだが、それはあくまで強者に手加減をしてもらっている状況下で攻撃をしているだけだ。

様々な攻撃手段を身につけるという点では良いのかもしれないが、あまり実戦向きとは言えない訓練方法だった。

彼女は自分から攻撃をすることには長けているが、その分防御がおろそかになってしまっていたのだ。

それが理由でシリウスに負けてしまった。

以前の模擬戦闘はその隙を突くような作戦をシリウスが使ったので勝利することができたわけだ。

この敗北を機にアリスは防御の必要性に気付き、訓練においてただただ攻撃を徹底するといった方法はとらなくなった。

だが、防御を訓練するのにアレンは相手としては向いていなかった。

なんせ彼は戦闘では長年の経験から反射的に動いてしまい、たとえ手加減をしていてもアリスの防御を超えた攻撃を与えてしまうことがあるからだ。

そのため白羽の矢が立ったのが俺なわけだ。

手加減をするほど力があるわけでもなく、かといって決して近接戦闘において実力がないわけではない俺は訓練相手としてはぴったりだったわけだ。

シリウスについては、アリスとの戦いを機に魔法の訓練を再開させた。

才能はあったのだが、今までアリスに負けていたという劣等感から訓練が身に入っていなかったようで、訓練を再開した途端に力を発揮し始めた。

訓練を再開して一ヶ月経つと簡単な中級魔法を放つことができるようになり、今では魔法の細かい操作により精巧な氷像を造ることができるようになっていた。

この前は俺とアリスの訓練を少し離れたところで見ていたので何をしているのかと思っていたのだが、訓練後に彼に近づくと驚いてしまった。

なぜなら、俺とアリスの訓練の光景を氷像で表していたのだ。

しかも、氷像というのは止まっている状態を描いているはずなのに、なぜか俺たちが戦っている躍動感をその氷像から感じてしまう。

どれほどの才能があればこんなことができるのだろうか、芸術方面の才能を持ち合わせていない俺にとっては羨ましい限りであった。

羨ましくなって思わずシリウスに聞いてみたことがあった。

『こんな才能があるんだったら、兄さんはこの道で食べていけると思うな』

『ははは、流石にそれは無理だよ。なんたって、自己流で作っているんだからね』

『いや……自己流でこれだけできれば、十分すごいと思うんだけど……』

『それは否定するつもりはないけど、だからといってこの道で食べていけるかどうかは別さ。

自己流で物を作るのには限界があるだろうから、誰かに師事した方がいいだろうしね』

『まあ、そうかもね』

シリウスの言うことに俺は納得するしかなかった。

たしかに芸術方面で大成するために大事なのはその道のプロに師事することである。

いや、別にそれがなくとも大成することは可能なのかもしれないが、それは限りなく厳しい道のりである。

少なくとも天才という言葉では片づけきれないほどの才能がなければ無理な話である。

才能がある程度ならば、誰かに師事しなければ大成はしない。

そのことは流石に俺も理解はしていた。

だからこそ、彼の才能がもったいないと思ってしまったのも事実である。

なんせ、カルヴァドス男爵領には芸術方面のプロがいるといった話は聞いたことはない。

いや、実際に確かめたことがないのでわからないが、師事されるほど有名な芸術家がいるならばどこにいたって噂が聞こえてくるはずだ。

だが、全く聞かないということはやはりうちの領地にはシリウスを大成させるほどの人物はいないのだろう。

本当にもったいない。

しかし、このことは俺にとって悪い話じゃない。

なんせ、もしシリウスがその道に進むのであれば、自然とカルヴァドス男爵家の次期当主の座から遠ざかってしまう。

つまり、俺が次の当主になる可能性が高くなってしまうわけだ。

正直、それだけは避けたかった。

なんせスローライフを送るために異世界にやってきたのに、どうして領地経営や貴族同士の腹の探り合いなどをしなくちゃいけないんだ。

俺は自由気ままに生き、そしてのんびりとした生活を望んでいるのに、当主になってしまえばそれすらも失われてしまう。

前世のような社畜生活ほどではないかもしれないが、別の意味で精神を削られるような暮らしになる可能性は高くなるだろう。

ならば、俺のスローライフを実現するためにもシリウスには芸術の道を諦めてもらうしかないだろう。

そして、シリウスの次期当主としての立場を盤石《ばんじゃく》にするため、俺がするべきことは……。

「グレイン様、だらしないですよ？」

「いいじゃん。せっかくの休みなんだから、少しぐらい気を抜いていても……」

ベッドで力を抜いて横になっている俺にリュコが文句を言ってくる。

たしかに端《はた》から見ればだらしないのかもしれないが、これは別に何の目的もなくやっている

わけではない。

俺がだらしない姿を見せることにより評価を下げ、相対的にシリウスの評価を上げるためなのだ。

しかし、そんな思惑をメイドであるリュコが知る由《よし》もない。

彼女にとっては、世話をしている俺がだらしない行動をとっていることの方が問題なのだ。

「少しはしゃきっとしてください。もう日が昇ってからかなり経っているんですから、ベッドの上で寝転がるのはやめましょう」

「別にいいじゃん。誰に迷惑をかけているわけでもないし……」

「奥様が心配しますよ？　もしかしたら、何か悪い病気にかかったのではないか、と……」

「それはないんじゃないかな……。……でも、だらしないのは良くないか」

「はい、もちろんです」

リュコの言葉に納得したわけではないが、流石にだらしなさすぎるのはダメだと思って体を起こす。

普段から気の強い母親たちではあるが、意外と子供に対して過保護なところがある。

俺がもしぐうたらしている姿を見れば、何らかの病気になってしまったなどと勘違いする可能性がある。

すぐに勘違いであるとわかるかもしれないが、それでもそういう面倒なことはできる限り避けておきたい。

というか、勘違いされたことで怒られる可能性があるのだ。

この四年でわかったことなのだが、エリザベスは怒るととても怖い。

なんせ脳筋で怖いものなど何もないようなアレンですら、彼女が怖い顔をすると恐怖に体を震わしているのだ。

どんな強敵だろうと嬉々として戦おうとするような脳筋なのに、自分の嫁さんにビビっているのだ。

その怒りの矛先《ほこさき》がこちらに向くことを考えると、今度は俺の体が震えてしまう。

ならば、できるだけ怒られるのを避けるように行動するのが当然だろう。

しかし……。

「でも、やることがないな……今日は近接戦闘も魔法の訓練も休みだし……」

「では、近くの村に行くのはどうでしょうか？　グレイン様も四歳になられましたので、奥様から外出の許可を貰っています」

「ああ、そういえばそうだったね」

リュコの言葉に俺はエリザベスから外出を許可されていたことを思い出す。

といっても、もちろん一人での外出を許されたわけではない。

当然、リュコを伴ってである。

流石に近くにある村とはいえ四歳の子供を一人で行かせるわけがない。

どんな事件に巻き込まれるかわかったものではないからだ。

「いずれは治める領地ですから、きちんと内情を知っておく必要があります。ちょうどいい機会ですね」

「いや、兄さんがいるから当主になることはないんじゃない？」

「そうでしょうか？　シリウス様にも領主としての才覚はあるかもしれませんが、グレイン様の方がはっきり言うとあると思うんですが……」

「そこははっきり言わないでおこうか……兄さんに聞かれたら面倒なことになりかねないし……」

「……はい、わかりました。それでどうしますか？」

「う～ん、そうだな……せっかくだし、外出しようか。ずっと家の中にいるわけにもいかないしね」

「かしこまりました。では、すぐに準備をしましょう」

こうして俺の初めての外出（監視付き）が決まった。

●●●

「へぇ……これがうちの領地の村か」

俺は周囲の景色を見ながら、そんなことを呟く。

周囲を山に囲まれた盆地に畑が広がっており、そこには様々な作物が育てられているようだった。

南の端の領地ということでてっきり貧乏かと思っていたのだが、案外そういうわけでもないようだ。

畑から収穫量を計算することはできないが、それでも素人目に見てかなりの量を収穫できそうだと思えるのだ。

うちや領民が明日の飯に困るなんてことはそうそうないのではないだろうか？

そんなことを考えながら道を歩いていると喧噪の激しい場所へと辿り着いた。

どうやらここが村の入り口のようだ。

その前でリュコが俺に説明をしようとする。

「ここが屋敷に一番近い村――テキラ村です」

「どんな村なんだ？」

「それは――」

（ドオオオオオオオオオオオオオオオオオオンッ）

「――っ!?」

リュコがこの村の説明をしようとした瞬間、大きな爆発音がした。

俺たちは驚いて一瞬固まってしまうが、すぐに爆発音の方向へと駆け出した。

一分もかからないうちに、人混みができている場所に辿り着いた。

わいわいとその人混みは盛り上がっているようだが……。

「はんっ、てめぇの魔法なんざ俺の体を傷つけることすらできねえんだよ」

「お前の攻撃こそ俺に届くことすらねえだろう。なんせ魔法で身動きすら取れねえんだからな」

人混みの奥から大声でそんな会話が聞こえてくる。

一体どうしたのだろうか？

そんなことを考えていると、周囲の人が何か話していた。

「相変わらずマティニとドライの喧嘩は面白いな」

「ああ、そうだな。魔法のマティニ、筋肉のドライという真逆の二人が喧嘩をしているし、見ている俺たちも熱中する喧嘩になるから楽しみなんだよ」

「たまに周りの村に被害が出るから、それはどうにかしてほしいが……」

「いや、それがあるから面白いんじゃないか？　二人の男が壊した家の持ち主に頭を下げている姿なんざ、マジで笑えるぞ？」

「……壊された方はたまったもんじゃねえけどな？」

話の内容からどうやら二人の男が喧嘩をしているようだった。

といっても、殺し合いに発展するようなものではなく、この村で日常的に行われている――そんな喧嘩のようだ。

まあ、それなら安心なのだが、ただ一つだけ気になることがある。

家が壊れるなんてどんな喧嘩をしているのだろうか？

人混みの壁が高すぎて子供の俺は見ることができない。

仕方なく土魔法で土台を作って、人混みの上から見ることにした。

もちろん、リュコの分も作ってあげた。


「相変わらずなよなよした体だな。男は筋肉をつけてなんぼだろう」

「ふん、筋肉をつけすぎて脳まで筋肉になってしまったのだろう？　だから、そんな馬鹿な発言しかできないのだ」

「はあ？　てめえは筋肉がなさすぎて、自分の力じゃ、重いものすら運べないだろう」

「そのために魔法があるのだよ。普通に力で運ぶより楽ができるから、魔法の方が優れているんだぞ」


人混みの向こうにいるのは二人の男。

一人は少し長めの黒髪でクールな雰囲気のある細身の男性だった。一言でいうなら、まさにイケメンといったかっこいい感じである。

そんな彼の頭には悪魔のような角があった。いわゆる魔族という種族なのだろう。

もう一人は熊のような大柄な男性だった。普段から鍛えているのだろうか、服の上からでもわかるほどの盛り上がった筋肉に獰猛《どうもう》な肉食獣を思わせるようなワイルドな顔——前者とは違うが、こちらもかっこいいと思う。

熊のような大柄な男といったが、実際に彼の頭には熊のような耳があった。こちらは熊の獣人といったところだろうか？

そんな対照的な二人が睨み合いながら対峙しているわけだ。

見ただけでもあまり仲が良くないだろうと思うが、本当にこんなにわかりやすい関係はあるのだろうか？

そんなことを考えていると、周囲の人たちの会話が聞こえてきた。


「しかし、幼馴染《おさななじみ》の二人はどうしてこんなに仲が悪いかな？」

「子供のころはそうでもなかっただろう？」

「たしかにそうだったかもしれないな。昔は他の子供たちと一緒に遊んでいた印象が……」

「仲が悪くなったのって、ここ数年だった気が……」

どうやらこの二人は昔は仲が良かったようだ。

というか、幼馴染だったのか……。

「もう一発食らいやがれっ」

「ははっ、こいよ。てめぇの魔法なんか、俺にダメージを与えることすらできねぇほどへぼいことを思い知らせてやるよ」

二人の言い争いもヒートアップしていき、とうとう細身の男が魔法を放とうとした。

魔力の属性からおそらく炎属性の魔法を使おうとしているようだが……。

「燃え盛る火炎よ　貫け　槍の如く　【火炎槍《フレアランス》】」

男が右手を掲げて呪文を唱えると、そこには二メートルほどの炎の槍が現れた。

しかも、かなりの魔力が込められているのか、轟々《ごうごう》と燃え盛っていた。

おそらくあんなものを生身で食らってしまったら、普通ならばひとたまりもないと思うのだが……。

「死ねやっ！」

不穏な言葉と共に細身の男が炎の槍を投げつける。

速度百三十キロぐらいだろうか、ものすごい勢いで炎の槍は大柄の男の方に向かっていき……。

「フンッ」

男は槍の腹を殴って、方向を大きく変えた。

大柄な男も流石に無傷とはいかなかったようで、右手は炎に包まれていた。

なんという無茶を……そんなことを思ったのだが、すぐにそうもいっていられない状況になっていることに気が付く。

「「「「うおっ!?」」」」

「？」

目の前の人混みがいきなり割れた。

一体、どうしたのだろうかと思ったのだが……。
（ブワッ）

人混みの割れたところから炎の槍が俺に向かって飛んできていたのだ。

「グレイン様、危ないっ」

リュコが慌てて俺をかばおうとしたが、俺の作った段差のせいでバランスを崩してしまった。慌てていたせいで自分が段差の上に乗っていることを忘れていたのだろう。

そうこうしているうちに炎の槍がどんどん近づいてきている。

男が殴ったおかげでスピードは遅くなっているが、だからといって魔力が減っているわけではない。

当たれば、たとえ俺でも大変なことになってしまうだろう。

だが、俺は……。
（ガシッ）
「ふむ、すごい威力だな……兄さんでもまだこんな威力の魔法は使えないんじゃないだろうか？」

あっさりと炎の槍を掴み、その魔力を感じながらそんなことを呟いた。

掴んでみてわかったのだが、この炎の槍は想像以上に魔力が練られていた。

少なくとも直撃すれば、消し炭すら残らないほどの火力になってしまっていた。

こんな魔法をたかが喧嘩で放つなんて、あの細身の男は何を考えているのだろうか？

まあ、それを拳一つではじいた大柄な男も異常ではあるのだが……。


「「「「はぁっ⁉」」」」


そんな光景を間近で見た村人たちは驚愕の表情で俺のことを見ていた。

「えっ⁉」

そして、そんな周囲の反応を見た俺も驚いてしまった。

●●●

「おい、坊主！　大丈夫なのか？」

「燃えている槍を掴んだんですか？　火傷をするので、早く離してください」

「大丈夫です。きちんと手を魔法でコーティングしていますから」

慌てた様子で声をかけてきた二人の男性に俺は心配ないことを伝える。

自分たちのせいとはいえ、怪我をしたかもしれない人間に対してすぐに声をかけることができるのは立派だと思う。

とりあえず、俺の方に槍が飛んできたことについては怒らないでおこう。

「コーティング？　それは手の周りにある水の膜みたいなものか？」

「っ⁉　こんな子供がこれほどの魔法をっ⁉」

「なんだ？　すごいのか？」

「すごいなんてものじゃない。子供にこんな芸当ができるなんて、まさに【神童】と呼ばれてもおかしくはないレベルだぞ」

「……イマイチすごさがわからないな。どう見ても、攻撃には役立たない気が……」

「何でも攻撃の枠に当てはめるなっ！　つくづく君は脳筋だな」

「なんだとっ⁉　てめえこそ言っていることが全部理屈っぽいじゃねえか。回りくどく言わず、男ならはっきりと言いやがれ」

「「むむむ……」」

二人の男性がまた喧嘩を始める。

見ている分には面白く、なんであんな風に人混みができていたのかはわかったが、このまま喧嘩が再開されてしまうとまたこんなことになりかねない。

というか、普通に死人が出るのではないだろうか？

さて、どうやって止めようか……そんなことを考えていると……。

「何をやっているんだい、二人ともっ！」

「ん？」

いきなり俺の耳に大声が響いてきた。

声の方に振り向くと、そこには一人の女性が立っていた。

大体身長は百七十センチぐらいだろうか、女性にしてはかなり高い部類になるだろう。

しかも、背の高さと比例して全体的にいろいろと大きく、まさにグラマラスと呼んでいいかもしれない。

だが、グラマラスだからといって無駄な肉がついているわけではない。

常日頃から体を動かしているのだろうか、全身に筋肉がついていることは傍目《はため》にもわかる。

といっても、ボディービルダーのような体つきではなく、スポーツをしている女性特有の体型だった。

黒髪のポニーテールがさらに彼女の活動的な印象を高めている。

吊り目で勝気な印象を与え、まさに姉御《あねご》と呼ばれるような雰囲気の持ち主で、趣味なのかもしれないが肌の露出の多い衣服を身につけている。

正直、男としては目線に困る相手である。

年齢は二十代後半ぐらいだろうか、前世の俺だったら声をかけてしまいそうなぐらいである。

「ろ、ローゼス姐さんっ⁉」

その女性の登場に気付いた二人が驚きの声を上げる。

そして、なぜか二人揃って全身を震わせていた。

彼女は一体何者なのだろうか？

「お前たち、また問題を起こしたんじゃないだろうな？　次に喧嘩したらただじゃ済まさない、って前に言ったよな？」

「も、問題なんて滅相《めっそう》もないっ！」

「ぼ、僕たちは仲良くしてますよっ！」

女性の言葉に体をさらに震わせながら、男たちが答える。

答えている内容もだが、先ほどからこの男たちのキャラ崩壊がとんでもないことになっている。

タイプは違うが、どちらもかっこいい感じの男だと思っていたのだが……。

「本当か？」

「「はいっ」」

「ふむ……」

男たちの元気のいい返事に女性が顎に手を当てて考え込む。

見たところ信じてはいない様子だが、だからといって二人の言い分をどうするべきか悩んでいるようだった。

そんな感じで数秒悩んだ後、不意に目が合った。

そして、声をかけられた。

「そこの少年」

「はい、なんですか？」

「「っ!?」」

ローゼスと呼ばれた女性が俺に声をかけた瞬間、二人の男は驚愕の表情を浮かべる。

俺という目撃者に話を聞く流れで、自分たちが喧嘩をしたことがバレることを恐れたのだろう。

そんな二人の様子を他の村人たちは楽しそうに見ていた。

「君もこのあたりにいたようだから聞くが、この二人は喧嘩をしていたか？」

「……」

彼女の質問にどう答えたものか悩んでしまう。

正直に起こったことを話すのが筋なのかもしれないが。本当のことを話してしまうと二人の命が危ない気がする。

二人は俺の方を捨てられたチワワのような目で見つめ、いろんな意味で可哀想になってきた。

「どうなんだい？」

「はい、喧嘩をしていましたよ」

「「っ⁉」」

俺があっさりと白状したことに二人は目を見開いた。

だが、俺にだって白状した理由があるのだ。

ローゼスという女性が怖かったというのもあるが……。

「グレイン様、正直に話すのは良いことです」

質問をされた瞬間、俺のことをリュコが睨みつけていたため嘘がつけなかったのだ。

もし、あの場で嘘をついていたら、彼女の説教を受けたうえで告げ口をされる可能性が高かった。

そのままエリザベスの説教コースにつながっていたはずだ。

俺の身の安全のために二人を売ったわけである。

「ほう……」

俺の返事を聞いた彼女は獰猛な笑みを浮かべながら目を細める。

その表情を見て、俺は思わず体を震わせてしまう。

呼び起こしてはいけないものを呼び起こしてしまった、そんな感覚が全身を駆け巡ったのだ。

「おい……」

「「ひいいいいいいいいいいいっ⁉」」

それは二人も同様で、声をかけられた瞬間に悲鳴を上げていた。

先ほどまではあれだけ言い争いをしていたのに、今では泣きながらお互いの体を抱きしめ合っていた。

どれほど怖いんだろうか？

あと、そんな二人の様子を見て、一部の村人（女性）たちがなぜか息を荒らげていた。

しかも目つきがローゼスさんとは違う意味でやばくなっており、いろいろと心配になってしまう光景だった。

心配で声をかけようか悩んだが、なぜかこれ以上は踏み込んではいけないという気持ちが俺の行動にブレーキをかけた。

まあ、健康に問題はなさそうだから大丈夫だろう。

とりあえず、今は男二人の方に意識を戻そう。

「お前たち……私に嘘をついたということでいいのか？」

「は、はい……」

「嘘をついたらどうなるか教えたことがあるよな？　どうして守らないんだ？」

「う、うう……」

彼女の質問に答えづらそうにその場でうつむいてしまう。

どれほど怖いんだろうか？

たしかに彼女は女性にしては体が大きいとはいえ、男性である二人に比べれば小さい。

細身の方の男性と比べても小さく感じるため、彼女が怒ったとしても普通はそこまで怖くは感じないと思う。

一体、彼らの過去に何があったというのだろうか？

「お前たちの説教は後でする。今は開店の準備で忙しいし、早く店に戻らないといけないからな」

「「は、はい……」」

彼女の言葉に二人は絶望の表情を浮かべる。

可哀想に……。

しかし、彼女は何か店をやっているのか？

こんな村でもそういうのがあるんだな……。

「とりあえず……フンッ」

「「えっ!?　（ガンッ）がふっ！」」

ローゼスさんの拳骨《げんこつ》が二人の頭に落ちた。

殴られた二人は痛みのあまりその場で倒れてしまう。

あまりの光景に俺は思わず言葉を失ってしまった。

そんな俺に向かって、ローゼスさんが声をかけてくる。

「うちの人間が迷惑をかけたみたいだね、少年」

「い、いえ……そんなことは……」

先ほどの行動に驚いた俺は返事がたどたどしくなってしまった。

なんせ、彼女は先ほどの拳骨に強化魔法をどっぷりとかけていたからだ。

普通に考えれば女性の細腕では、大柄な男などダメージすら与えられるか怪しいのだが、強化魔法を使うことによりかなりの威力の拳骨になっていた。

下手したら頭蓋骨が陥没しているレベルに……。

「今回のお詫びをしたいから、『フォアローゼス』という店に来てくれ」

「わ、わかりました」

「じゃあ、またな」

女性はそういうと二人の男性の襟首を掴み、そのまま引きずっていった。

流石に体格的に二人も男性を担ぐのは無理だったようだが、それでも女性の力で二人の男を引っ張っていくことができるのは相当すごい。

流石は強化魔法である。

さて、お詫びをしたいと言われたが、どうするべきか……。

できれば、行きたくはないなぁ。

●●●

嵐のように去っていったローゼスさんたちを見送り、俺はリュコに聞いてみる。

「……すごかったね。ああいうのがいつもあるの？」

「そうですね。この村には半月に一度ほど買い出しに来ますが、二回に一回は見ることができますね」

「……」

たまにしか来ないはずのリュコがそのペースで見るということはかなり頻繁に行われていることなのか、と俺は思った。

まあ、この村の人もあの騒動を受け入れているようだから問題にはなっていないみたいだが、それでも少し心配になってしまう。

あの大柄な男や俺だったからあの魔法をはじいたり受け止めたりできたわけだが、普通の人に直撃したら確実にやばかったはずだ。

シリウスならば一撃死だろう……いや、氷の壁でどうにか止めることはできるか？

そんなことを考えていると、村人の一人がリュコに気が付く。

「おお、リュコちゃんじゃないか？　今日も買い出しか？」

「いえ、今日は買い出しじゃないんですよ」

「そうなのかい？　せっかくいい大根が入ったんだが……」

「すみません。今日は村を見て回ろうと思ってまして、お金は持ってきていないんです」

どうやらこの男性は八百屋か野菜の生産者のどちらかのようだ。

リュコはいつもこの人から野菜を買っているのだろうか？

つまり、うちの食卓の一部を担《にな》っていると言っても過言ではないだろう。

そんな人がリュコの言葉を聞き、すぐにある提案をする。

「そうかい……なら、タダで持っていきなさい」

「えっ、それは悪いですよ」

「男爵様にはいつもいっぱい買ってもらってるから、うちとしてはかなりの儲《もう》けを出してるんだよ。これぐらいは問題ないさ」

「……そうですか？」

「ああ、そうさ」

未だに遠慮がちのリュコだが、そんな彼女に満面の笑みを浮かべる男性。

てっきり下心でもあるのかと疑ってしまったが、彼には一切そういう雰囲気が感じられない。

本当にうちの家が野菜を購入してくれたことが嬉しくて、そんな提案をしているようだった。

そんな彼の気持ちに報いるためにもリュコを促す。

「彼があれだけ言っているんだから、受け取ってあげた方が良いよ」

「そうですか？　……では、ありがとうございます」

俺が促したので、リュコは男性から大根を受け取った。

それに満足したのか、彼は今度は視線をこちらに向ける。

「おう……ところで、その坊主は誰なんだい？　マティニの魔法を受け止めていたから、とりあえずただの化け物だと思っていたんだが……」

「いや……化け物、って……その時点で「ただの」はおかしいでしょう？」

「がははっ、そりゃそうだ。【正真正銘の化け物】といった方がよかったな」

「いや、そういうわけじゃ……」

あまりの言い草に思わずぼやいてしまう。

いや、たしかに普通の人からしたらそう見えるのかもしれないが、少しはオブラートに包んでほしい。まあ、この世界にオブラートなんてものが存在するかは知らないが、とりあえずはっきりといえば問題がないというわけではないのだ。

だが、そんな男性の言葉など気にもせず、リュコは俺のことを紹介する。

「この方はカルヴァドス男爵家次男のグレイン＝カルヴァドス様です。私の仕えている主ですね」

「へぇ～、この坊主が？　見た目は普通の子供っぽいのにな……」

リュコの紹介を聞き、男性が驚いたようにそんなことを言ってきた。

というか、【見た目は】って、それ以外は普通の子供じゃないということか？

思わず反論してしまいそうになったが、それ以外に気になることがあったので先にそっちを質問する。

「驚いたりしないんですか？　このあたりを治める領主の息子と聞いて……」

「ん？　驚いてほしかったのか？」

「いえ、そういうわけではないですけど……普通はこんな風に出歩くものではないと思うんですが」

この男性があっさりと俺のことを受け入れたことが気になったのだ。

別に貴族の子供たちが領地内を出歩いたりしないとは言わないが、それでももう少し大層な感じで行動をすると思っている。

まだ四歳の子供で護衛も一人で出歩く貴族なんているとは思えないのだが……。

「そんなもん、アリス嬢ちゃんで慣れちまってるよ。あの嬢ちゃんはしょっちゅう一人でこの村に遊びに来ていたぞ？　あんなにお転婆だとご両親も大変なんじゃないか？」

「……」

その説明で納得できた。

姉さんが先にそんなことをしていれば、俺も簡単に受け入れられるようになるわけだ。

しかし、あのアリスを嬢ちゃん扱いとは……。

「それにアレン様もたまに来るが、貴族らしい振舞いはされてないから俺たちも楽に接することができるんだよ。本人もそういう対応をされるのが嫌いみたいでな」

「ああ、そうですね。父さんは男爵に叙爵されて貴族になったんですもんね」

「男なら貴族になるほどの手柄を上げてみたいという気持ちもあるが、貴族という面倒な立場になるのは辛いなぁ」

「そうですね～」

男性の言葉に俺は賛同する。

男ならば一度ぐらいはでっかい手柄を得たいと思うが、そのせいで面倒なことになるのは流石に困る。

「……グレイン様」

「なに？」

リュコが話しかけてくる。

一体、何を……。

「グレイン様もその貴族の一員ですよ？　いくらシリウス様が跡を継ぐ可能性が高いからといって、貴族の職務から逃げきれるわけではないはずです」

「うん……逃げきれない事実を突きつけてくれて、ありがとう」

彼女の言葉に思わず泣きそうになる。

俺としては前世の社畜の経験から、もう仕事はしたくないと思っていたのだが、俺という人間はそういう厄介なことを呼び寄せる力でもあるのだろうか？

なんで生まれ変わってまで責任を背負わされる未来しかないんだろうか？

正直、田舎でのんびり暮らしたい……っていうか、ここも田舎か？

「ははっ。なかなか面白い坊主だな。こういう子供たちがいれば、この領地も安泰だ」

「……家を継ぐのはシリウス兄さんですよ！　僕は次男なんで……」

「そういうことを言っているんじゃないぜ」

「どういうことですか？」

「別に坊主が男爵家を継ぐ必要はない。噂によるとお前さんの兄――シリウス様も領主になるのに十分な資質を持っているらしいしな。下手にお前さんが名乗りを上げて、家の中をめちゃくちゃにする方が問題かもしれん」

「ですよね」

「お前さんはアリス嬢ちゃんのようにこの村周辺――いや、二人いるならばこの領地中の魔物を退治できるようにすればいい。そうすれば、貴族としての仕事とかに悩む必要はなくなるだろう」

「はっ!?」

男性の言葉に俺ははっと気付かされる。

この領地は人間・魔族・獣人の三国の境界近くにあり、周辺には強力な魔物が多数生息している。

正直、並みの冒険者では相手にできないレベルのためすべてを駆除することは難しく、領民たちは魔物に襲われる危険と常に隣り合わせで生活しているのだ。

そういう危険から領民たちを守るヒーロー的存在——なかなかいいかもしれない。

仕事ではあるかもしれないが、少なくとも社畜時代のような上の人間のためだけに働かされるような仕事ではない。

むしろ、人から感謝の言葉を貰うことができるような素晴らしい仕事だ。

ならば、それをするしか……。

「グレイン様？　そういう役目を担われるのは構いませんが、それでも貴族であることには変わりありませんよ？　むしろ、その役目が加わる分、余計にしんどいかと……」

「……」

リュコの指摘に俺の希望がガラガラと崩れていった。

もう少しぐらい希望を持たせてくれてもいいじゃないか……。

なんで彼女はそういう淡い希望すら持たせてくれないんだ？

そんな俺たちの様子を見て、男性が俺の背中をバンバンと叩く。

「がははっ！　残念だな、坊主。お前さんはそういう星のもとに生まれてきたんだよ」

「……」

本気でぶん殴ろうかと思ってしまった。

俺の一番気にしていることを指摘されたからだ。

「まあ、坊主」

「……なんですか？」

「人生辛いこともあるが、きっといいこともあるさ。まだ若いんだからな」

「……たしかにそうですね」

俺の様子に何かを感じたのか、男性はそんな言葉をかけてくれた。

なんでそんな言葉をかけてくれたかはわからないが、その言葉に少し救われた気持ちがした。

そんな俺たちの様子を見て……。

「？」

なぜかリュコは首を傾げていた。

まあ、君みたいな若い子にはわからないだろうな、俺たちの気持ちは……。

●●●

「意外と大きな村なんだね。男爵領にあるから、そこまで大きいとは思ってなかったよ」

村を探索して二時間ほど経ち、俺はそんな感想を漏らした。

てっきり一時間もあればすべて見られると思ったが、二時間経っても半分ぐらいしか回れなかった。

まあ、領主の屋敷の近くにある村だから、必然的に大きくなったのかもしれない。

「他の村を私は知りませんから比較できませんが、大きいのはこの領地の特徴のせいかもしれません」

「特徴？」

「はい。この領地は人族、魔族、獣人族の三国の境界付近にあり、その三国の友好を示すための場所なんです」

「うん、それは本を読んで勉強したよ」

「ここは一応人族の領地ではありますが、三国の協定で別種族の方たちも住民権を簡単に得ることができる場所なんです」

「ああ、そういえばそうだね」

そういえば、そんなことを勉強した気がする。

俺たちが住んでいる人族の国であるリクール王国の首都カルアに他種族が住む場合、その身が清廉潔白《せいれんけっぱく》であることを証明できないと住民権を得られないらしい。

もちろん本人がそれを主張しても意味がないし、第三者に評価してもらわないといけないわけだ。

もしその第三者が他種族のことを嫌っている人族の場合、悪い評価をつけられてしまうなんてことがままあるそうだ。

せっかく人族の国に来たのに、住民権を得られずにそのままカルアから離れるなんてこともよくあるらしい。

そして、彼女の説明と合わせると……。

「王都に住めなかった人たちが流れ着く場所になるというわけか……」

「ええ、そういうことです。流石はグレイン様です」

「これぐらいは当然だと思うんだけど……」

リュコは本気で俺のことを褒めてくれているようだが、そんな当たり前のことで褒められても恥ずかしいだけだ。

どれだけ子供だと思われているんだろうか？

まあ、見た目は子供ではあるが……。

「といっても、流石に犯罪者とかになってくると本国に送られることになりますね」

「まあ、それは仕方がない話だよね。他国で問題を起こしたら、外交問題とかにもなりかねないしね」

「ええ、そういうことです。といっても、この領地はそれも甘いんですけど……」

「そうなの？」

彼女の言葉に再び聞き返してしまう。

甘いということはこの領地には罪を犯した人がいる可能性があるということだ。

一体、どうしてそんなことに……。

「領主様が、ちょっとした犯罪で本国に送り返されるのは可哀想だからという理由で規制を緩めたんです」

「父さんのせいか……」

「といっても、あくまで軽犯罪だけですよ？　暴力を振るったとか、万引きをしたとかですね」

「ああ、なるほど……そういう軽犯罪程度で送り返されたら、可哀想だわ」

「流石に人殺しとかになってくると送り返されますけど……軽犯罪の場合にはそれに合わせた刑罰もきちんとありますよ」

「へぇ……どんなのがあるの？」

どんな罰があるのか少し気になった。

可哀想だという理由で甘いことを言っている父さんが決めたのだから、そこまで重い刑罰はなさそうだが……。

「万引きをしていた者に対しては魔物駆除の際の囮《おとり》役ですね」

「……」

「暴力を振るった者に対しては魔物駆除の際の盾役ですね」

「……」

意外と重い刑罰に俺は言葉を失ってしまった。

比較的魔物の出現率の高いこのあたりでは魔物駆除の仕事が大事であり、それに役立てようと軽犯罪者を使うのは間違いではないと思う。

しかし、囮役とか盾役の場合は下手をすれば死んでしまう可能性が一番高いだろう。

なんて恐ろしい刑罰を思いつくんだ、あの男は……。

この刑罰を作ったときの父親の正気を疑ってしまう。

いや、あの父親のことだ……割と自分では甘めに作っていると思っているのかもしれない。

なんせ一人で上級の魔物を倒すことができるほど強いし、特級の魔物だってかつては倒したことのある元冒険者だ。

そこまできつい刑罰ではないと考えていてもおかしくはない。

「ちなみに、これは国内の犯罪者に対しても同様の刑罰を課すことになっています」

「まあ、他国の者だけ対象にするわけにはいかないな」

「そのおかげか、この刑罰が伝えられたことで犯罪率が激減しました」

「だろうね」

俺は即座に納得してしまう。

死と隣り合わせの刑罰を受けるぐらいなら、犯罪をしない方がマシである。

「じゃあ、さっきの喧嘩とかはどうするの？　あれも暴力とかになりそうなものだけど……」

俺はふと先ほどのドライとマティニの喧嘩を思い出す。

あれは怪我人こそ出なかったものの、一歩間違えれば大惨事になりかねない状況だった。

そういう意味では犯罪として扱われてもおかしくはないと思うが……。

「ああ、あれは大丈夫ですね」

「そうなの？」

「暴力といっても、あくまで強者が弱者に対して理不尽に行われる暴力に対してだけ刑罰が適応されます」

「つまり、あの喧嘩は似たような力の持ち主が同意のもとで行っている喧嘩だから、問題はないと？」

「そういうことですね。流石にどちらかが大怪我を負ってしまったり、死んでしまったりしたらそうは言っていられないと思いますが……」

「いや、あれはいずれ死人が出ると思うんだけど？」

彼女の説明に俺は思わず懸念を口にする。

今までは死人が出ていなかったようだが、今日のようなことがあれば確実に死者が出るはずだ。

何か対策をとるべきだと思うが……。

「では、あの二人を犯罪者として取り締まりますか？」

「……流石にそれはやりすぎだと思うな」

「じゃあ、どうしましょうか？」

「ううむ……」

本気で考えてみるが、あまりいい対策が思い浮かばない。

犯罪者として扱うのは可哀想だとは思うが、だからといって何の対策もなくほっぽりだしていいわけではない。

さて、どうするべきか……。

「とりあえず、あの二人には注意しておくか？」

「ええ、そうですね。まずはそうした方が良いかと……」

彼女の方も大したことは思い浮かばなかったのだろう。

効果があるとは思えないのだが、やらないよりはマシだとも思うので一応注意することにする。

「じゃあ、二人のところに行こうか。たしかフォアローゼスっていう店だっけ？」

「ええ、たしかそうだったと思います。私も行ったことがないので、大体の場所しかわかりませんが……」

「まあ、大体の場所がわかっているんだったら、すぐに見つかるでしょ？　あの三人がいれば、どこにいても目立つと思うし」

「ああ、たしかにそうですね」

あっさりとリュコは肯定する。

失礼かもしれないが、あれだけ濃いキャラの三人がいれば、場所がわからなくともすぐに見つけられそうだ。

そう思った俺たちはとりあえずローゼスさんの店――フォアローゼスに向かって歩き出した。

第四章　転生貴族は商売を始める

「グレイン様、帰りましょう。ここはまずいです」

リュコが俺の目の前に立ち、そう言ってきた。

まるで向こう側の景色を見せないようにしているようだ。

さて、一体なぜこんな行動をしているのかというと……。

「おいおい、早く飲めよっ！」

「その程度も一気できないのかよ！」

「じゃあ、てめえらがやれよっ。すげえ量なんだぞ」

「お前らなんざ、この半分も飲めねえだろうが」

「「なんだとっ！」」

彼女の向こう側――建物の中からにぎやかな声が聞こえてくる。

まるで宴会のようなそんな雰囲気が漂ってくるのだ。

昼間なのにもう酒を入れているのか……前世の俺では考えられなかった光景だな。

そして、その店の名は『フォアローゼス』――俺たちが向かっていたローゼスさんの店である。

目の前に映る光景はまさに酒場といった様相——いや、酒場そのものだった。

いや、別にこの村の規模ならばあってもおかしくはないと思うのだが、まさか昼間からこれだけ繁盛しているとは思わなかった。

そして、そんな状況を子供の俺に見せるわけにはいかないと、彼女は間に入ってきたわけだ。

まあ、彼女の行動もわからないでもないが、今回の目的のためには入らないわけにはいかないのだ。

「別にお酒を飲むわけじゃないから、大丈夫だよ」

「グレイン様はこういう類《たぐい》の店に入るのはまだ早いですよ。私が伝えてきますから、ここで待っていてください」

「せっかく来たんだから、僕も入るよ」

「エリザベス様にこんなところに連れてきたとバレたら大変なことになってしまいます！　こんなに小さいのに昼間から酒場に入れた、って」

「いや、流石にそれはないんじゃないかな？　母さんだって事情を説明すれば、わかってくれると思うよ？」

彼女の懸念もわからないではないが、エリザベスもそこまで理不尽に怒りはしないと思う。

流石に酒を飲んだり、中のお客さんと一緒に騒いだりしていたら問題かもしれないが、今回はあくまでドライとマティニに話をしに行くだけだ。

「ですが……」

「ローゼスさんだって、またうちの店に来てくれと言っていたじゃないか。子供も食べられるような料理だって置いてあると思うよ？」

「……そうですか？」

「きっとそうだよ」

根拠はないが、彼女だって酒のつまみしかないのに子供を呼んだりしないだろう。

まあ、そういうことを気にしない人なのかもしれないが……。

「とりあえず、入ろうよ。二人に会わないと話ができないしさ」

「……わかりました。ですが、お酒は絶対にダメですよ」

「いや、流石にそれぐらいはわかってるよ」

彼女はどこまで俺のことを信用していないのだろうか？

たしかに何度か問題行動を起こした自覚はあるが、それでも絶対にダメな部分の線引きはわかっている。

この年齢でお酒を飲んではダメだ。

前世だってきちんと二十歳になってからお酒を飲み始めたし、お酒で人に迷惑をかけたことなんて……。

そういえば、お酒で迷惑をかけたことはなかったが、就職してからなんて会社がブラックすぎて飲み会とかすら行けなかった気がする。

嫌なことを思い出してしまった。

「おっ、さっきの坊主じゃないか」

「本当だ。さっそく来たのか?」

「あ、どうも」

店の中に入ると、先ほど喧嘩をしていたドライとマティニがせっせと働いていた。

二人とも料理と酒を運んだり、食器を片したりしているようだった。

本当に働いているんだな……。

「どうしたんだい?　ここは子供が楽しめる店じゃないんだが……」

「いえ、ちょっとローゼスさんに話があって」

「姐さんに?」

俺の言葉に首を傾げるドライ。

まあ、普通はわからないかもしれないな。

そんなことを考えていると、店の奥からローゼスさんが顔を出した。

「おっ、さっそく来たか」

「どうも……ちょっとお話ししたいことがありまして」

「おお、そうか。じゃあ、ちょっと待っていてくれるか?　とりあえず、注文された料理だけ作り終えたいから」

「大丈夫です。僕は時間があるので、待ってますよ」

「それはありがたい」

ローゼスさんが再び厨房に戻る。

奥でどんな風に調理をしているのかはわからないが、どんどん皿が出てくるところを見るとかなり慌ただしく料理を作っているように感じる。

しかし、だからといって手抜きをしているわけではないようだ。

お皿に盛られている料理はどれもおいしそうに見えるのだ。

「ふぅ……ようやく一段落だ」

「お疲れ様です。繁盛しているみたいですね」

汗を拭きながらやってきたローゼスさんに俺は労《ねぎら》いの言葉をかける。

その姿を見て、様になっているなと思ってしまう。

別に屈強な女性が好みとか女性の汗が大好きなんて変態嗜好を持ち合わせているわけではないが、彼女が仕事を終えて一息つく姿はなんというか板についているように感じたのだ。

「店が繁盛するのはありがたいが、昼間から酒場に入り浸って酒を飲みまくるなんざ、この村の人間は大丈夫なのかね？」

「仕事を終えているんだったらいいんじゃないですか？　流石に仕事をサボってきているん

だったら、よくないかもしれませんが……」

「はは、それはしているさ。一応ここに残っている奴はきちんと仕事を終わらせているはずさ。嫁さんとかにしっかりと聞いているから」

「ああ、なるほど」

流石に彼女も仕事を終わらせていないような人間に酒を飲ませるつもりはなかったようだ。

何事も力技で解決してそうな人ではあるが、そういうところでは良識があるようでほっとした。


この村の人間はドライとマティニの大喧嘩を楽しむような人ばかりだったらどうしようかと思ったが、彼女とこの村の女性陣はしっかりと良識を持っているのかもしれない。

そんな中、恐怖で抱き合う二人の姿を見ていた女性の視線をふと……。

……うん、考えるのはやめておこう。

あれは男の俺が踏み込んでいい領域ではない。

「それで少年はどうしたんだい？　まさかこんなに早く来るとは思っていなかったんだが……」

「いえ、ちょっとあの二人について話しておこうと思いまして」

「ドライとマティニのことかい？　どんな内容？」

俺の言葉にローゼスさんの表情が真剣になる。

先ほどまで仕事を一段落させて力を抜いていたのに、しっかりとオンオフのできる人なんだな。

「あの二人が喧嘩していたことについてです」

「ああ、それは私も注意しているんだが、なかなかやめなくてな」

「……そうですか」

「普段は結構仲が良いのに、突然喧嘩をし始めるんだ。一体何が原因なんだか……」

彼女にもどうして二人が喧嘩をしているのかわからないようだ。

だが、

(((((じぃ〜)))))

なぜか店内にいたお客さんがローゼスさんの方をじっと見ていた。

彼女はその視線には気付いていないようだし、俺も一瞬どうして彼女がそんな視線を向けられているのかがわからなかった。

しかし、すぐにドライとマティニの男二人とローゼスさんという一人の女性という状況を考え、どういう理由でこの喧嘩が起こっているのかを察することができた。

だが、これについては部外者の俺がどうこういうことではない。

当事者が解決すべき問題なのだ。

まあ、とりあえず用件だけ伝えよう。

「あの二人の喧嘩はちょっと危ない気がしまして……一応、注意勧告をしておこうと」

「注意勧告？　まあ、私が言っても聞きやしないから、ありがたい話ではあるな。そこで、少し聞きたいことがあるんだが……」

「なんですか？」

「少年は何者だい？　注意勧告とか子供が言うこととも思えないな。見たところ平民ではないようだけど……」

彼女は真剣な表情のまま俺にそんな質問をしてきた。

ああ、そういえば自己紹介はしていなかったな……。

俺は少し礼儀を欠く行為をしてしまったことを反省し、椅子から立ち上がって自己紹介する。

「名乗るのが遅れてすみません。僕はグレイン＝カルヴァドスです。ここの領主の次男です」

「なっ⁉　少年は貴族だったのか？」

俺の自己紹介にローゼスさんは驚愕の表情を浮かべる。

そんな彼女の様子が周囲にも伝播《でんぱ》し、一時店内は騒然としてしまった。

まさかこんなことになるとは……。

●●●

「ああ、落ち着いてください。別に大したことはないでしょう」

「いや、大したことだろう。私たち平民にとって貴族っていうのは逆らってはいけない相手――というか、さっきみたいな対応をしていたら、不敬罪《ふけい》で罰を受けてもおかしくはないんだよ」

俺はこの騒然とした空気をどうにか収めようと言葉を紡《つむ》ぐが、どうにも収まる様子はなかった。

まあ、平民たちが楽しく飲んでいる酒場に子供とはいえ貴族が現れたのだから、そうなっても仕方がないのかもしれないが……。

だが、俺は別に彼らに不敬罪など適用するつもりはないし、敬ってほしいわけではない。

素直な気持ちを伝えることにしよう。

「貴族といっても、たかが男爵の次男ですから……後を継ぐつもりもないですし、名ばかりの貴族といったところですかね？」

「名ばかりでも貴族は貴族だろう？　少なくとも平民の私たちに比べれば、身分が高いことには違いないはずだ」

「まあ、そうですけど……とりあえず、今まで通りの対応でいいですよ？　年上の人から敬語を使われるのは慣れていないんで……」

「いいのか？　後で不敬罪とか言わないよな？」

「流石にそんなことはしませんよ。勝手にそんなことをしたら、後で怒られるの僕ですし……」

「それは怒られるで済むのか？」

俺の言葉に彼女は何とも言えない表情を浮かべる。

まあ、わからないでもない反応だが、冗談だとわかってほしい。

流石にそんなことをしたら、怒られるだけで済むはずがないだろう。

「とりあえず、僕のことはただの子供だと思ってください」

「そっちがそういうならそれでいいが……」

ようやく納得してくれたようだ。

まあ、いくら子供とはいえ、領主の息子を相手になかなか敬語を使わずに話すことなど難しいはずだ。

そういえば、リュコに野菜をくれたあのおじさんは何者なんだろうか？

いくらリュコと顔見知りだからといって、その主人である俺に対してあそこまで馴れ馴れしく話すなんて……。

少し気になったが、今は話を戻そう。

「とりあえず、あの二人の喧嘩についてです」

「ああ、そうだったね。何か言いたいことがあるのかい？」

「はい、そうです。今は何も起こっていないみたいですが、そのうち大変なことになると思うので、その注意をしておこうと……」

「大変なこと？」

ローゼスさんは二人の喧嘩を生で見たことがないのかもしれない。

エスカレートしたらどんなに危険か、全く想像できていないようだ。

「明らかに過剰な威力の魔法を使ったりしていたんです。その流れ弾が僕に飛んできました」

「大丈夫だったのか？」

彼女の心配げな言葉に俺は両手をひらひらとさせ、全くダメージがないことを告げる。

「僕は大丈夫でした。魔法が得意なので、自力で止められましたし……ですが、他の人には危険でしょうね」

「それは少しまずいな。あいつらならともかく、他の人間に当たれば……」

「そういうことです」

俺の説明にローゼスさんは神妙な表情になる。

少しして、恐る恐る聞いてきた。

「あの……二人に処罰は？」

「別にないですよ？　特に怪我人も出ていなかったですし、ローゼスさんが説教をしてくれたようなので僕たちからは特にないです」

「……それは良かった」

俺の言葉に安心したように息を吐くローゼスさん。

やはり二人のことを心配していたのだろう。

自分のことを姐さんと慕ってくれている二人のことを説教したりはするものの、大事には思っているのかもしれない。

「ただ、それでも注意はしておかないといけないと思うんです」

「……一体、どの程度の魔法を？」

「そうですね……大の大人を一瞬で焼失させることができるぐらいの炎の槍でした。このあたりの建物なら五、六棟は簡単に燃やすことができるんじゃないでしょうか？」

「なっ⁉」

俺の説明にローゼスさんが言葉を失う。

普通に考えて、そんな威力の魔法を使っているとは思わなかったのだろう。

俺だって実際にこの目で見ていなかったら信じてはいなかったはずだ。

「槍の大きさの割にかなりの魔力が込められていましたよ。正直、水の魔法でコーティングしていなかったらやばかったですね」

「それは……というか、受け止めたのか？　マティニの魔法を……」

「ええ。これでも僕は魔法が得意ですから」

驚くローゼスさんに俺は自信満々に答える。

日本人であるならば「謙遜《けんそん》こそが美徳」だろうが、ここは異世界なのでそういうことを考えない方が良い。

むしろ自分のことを過小評価してしまうような人間は信用されない傾向にある。

シリウス兄さんがまさにそうだった。

「本当なのか？」

「ええ、もちろんです。グレイン様でなければ、できない芸当です」

確認の意味を込めてだろうか、ローゼスさんはリュコに視線を向けて質問をする。

その質問に対して、リュコも当然のように答える。

それを聞いたローゼスさんは椅子の背にもたれかかり、力を抜く。

「はぁ……領主様の次男坊は天才だと噂には聞いていたが、まさかここまですごい子供だとは思わなかったよ。いくら魔法が得意でも魔族であるマティニの魔法を素手で止めるか？」

「一応、コーティングしていましたよ。流石に素手だと危ないので……」

「そういう問題じゃないよ。普通に受け止めた時点でおかしいことに気付きなさい」

「そうなんですか？」

正直なところ自分のことなのでイマイチどの程度まずいのかがわからない。

しかも、うちの家族も異常に能力が高いので、それと比べても自分がおかしいという認識すらなかった。

そんなことを考えながらリュコに視線を向けると、彼女も頷いていた。

どうやら本当におかしいようだ。

「わかったよ。マティニにはそんな魔法を使うことは控えさせよう」

「ありがとうございます」

「だが……」

「どうしたんですか？」

「あの二人の喧嘩を止めてはいるんだが、それでも私はあれが二人の関係だということである程度は許容しているんだよ。ああいう感じでストレスを発散させることもできるからね」

「ああ、なるほど……だから説教はするけど、二度と喧嘩ができないようになるまでは怒らないということですね」

「そういうこと……だけど、マティニだけ魔法が使えなくなったら、ドライだけが得をすることになるわけだ。今まではドライの身体能力とマティニの魔法で互角になっているわけだから」

「そういうことですか」

彼女の懸念がよくわかった。

たしかにこのままではマティニの方が圧倒的に不利になってしまう。

そんな状態で喧嘩すれば、確実に大怪我を負うことになってしまうだろう。

「だったら、二人に喧嘩をやめるように言えば……」

「それは無理だと思うな。ドライの方はこのチャンスを逃さないとか思うだろうし、マティニは不利な状況でも逃げるわけにはいかないと思いそうだし……」

「面倒くさいですね～」

「ああ、本当だよ」

話を聞いていて、本気で面倒になってきた。

この村に住んでいる人たちのためにもこの問題を解決することは大事なのだが、解決策がなかなか思いつかない。

要は周囲に被害を及ぼさないように勝負させれば……。

「あっ⁉」

「どうしたんだい？」

俺はとある方法を思いついた。

これならば周囲の被害などを考えることなく、勝負できるはずだ。

「実はこういう物があるんですが――」

俺は思いついた内容をさっそくローゼスさんに提案する。

それを聞いたローゼスさんは一瞬驚いたような反応を示したが、すぐに興味を持ったようだ。

詳しい話を伝えると、彼女は笑顔でゴーサインを出してくれた。

「じゃあ、ここに置くか……」

「ははは、だったら俺はこうだ」

「なにっ⁉　一気に四枚もひっくり返ったぞ。ちょっと待ってくれ」

「待ったはなしだぜ」

「くそっ」

数時間後、フォアローゼスの店内では言い争いをしているドライとマティニの姿があった。

そんな彼らの周りには、興味深げな表情を浮かべながら成り行きを見守る他の客たちがいる。

しかし、周囲の人は村の中で二人が喧嘩をしていたときに比べてかなり近い位置で見学をしている。

あのときの喧嘩であれば、確実に被害を受ける位置に……。

だが、今の二人の近くに寄っても心配はない。

なぜなら……。

「あのリバーシというのはいいね。簡単なルールだから誰でも覚えられるし、勝敗もしっかりとつく。暴れん坊のあいつらを抑えるにはいい遊びじゃないか」

ローゼスさんがそう言った。

二人がやっていたのはリバーシだ。

俺が以前、シリウスと一緒にやった奴の改良版をルールを説明して渡したのだ。

ルールはいたって簡単だから、誰でも遊ぶことができるボードゲームなのだ。

勝つためには多少なりとも考えないといけないが、初めて遊ぶ人なら勝敗ぬきにしても楽しめるはずである。

「そうでしょう？　もう少し難しくて戦略性のあるゲームとかもあったんですけど、初心者にはちょっと難しいかと思って……」

「ほう……それは気になりますね」

ローゼスさんにそんなことを言っていると、不意に後ろから話に入ってくる者がいた。

振り向くと、そこには一人の男性がいた。

「「えっ⁉　……うわっ⁉」」

「はははっ、驚かせてしまいましたね。すみません」

男性は謝罪するものの、気持ち悪いぐらいに笑顔を浮かべているせいか、全くその気持ちが伝わってこない。

一体何者なんだ？

「あんた、一体誰だい？」

ローゼスさんも同じことを感じたようで、怪訝そうな表情でそんな質問をする。

といっても、彼女の店は酒場なので、どんな人間が来ていてもおかしくはないと思うが……。

「私はモスコと申します。ただのしがない商人ですよ」

「その商人さんがどうして私の店に？　いや、別に商人を禁制にしているわけじゃないが、こんな田舎の酒場に来ても何もないと思うんだが……」

「いえいえ、そんなことはないですよ？　どこの村や町でも人の多い場所やにぎやかな場所では流行りがわかります。その調査のためにたまたま寄らせていただいただけです」

「たまたま、ね……」

　ローゼスさんは怪訝そうな表情を浮かべたままではあるが、一応話の筋は通っているので納得はしたようだ。

　まあ、俺も話を聞く限りでは嘘をついているようには見えなかったので、別に警戒するような人物ではないと思う。

　ただいきなり後ろから声をかけるのはやめてほしい。

　心臓に悪いから……。

「それであちらのリバーシというのは君が開発したのかい？　なかなか面白そうな遊びだから、これは流行るんじゃないかな？」

「そうですか？　僕としては別にそういうつもりはなかったですけど……」

「それはもったいない。これを売り出せば、おそらく王都でも大人気になるはず。そうすれば莫大な利益が見込めるはずさ」

「へぇ……そういうものですか？」

商売に関してはあまり詳しくないので、商人の話は何となくで聞いている。

前世ではもっぱら消費者として過ごしていたので、販売者側がどんな風に考えているかなど全くわからないのだ。

だから、どういったものが売れるとかもわからないわけだが……。

「しかも、白と黒の石ですがとても綺麗に作られています。どんな職人がこれを作られたのですか？」

商人がリバーシの一つを取り、興味深げに掲げてみる。

明かりの一つが石に反射し、きらりと光る。

「ああ、それは僕が魔法で作りました」

「魔法？」

「土属性の魔法の練習がてらそれを作ったんです。おかげで精密な操作とかもできるようになりましたね」

このリバーシは俺が土属性の魔法を練習する一環で作っただけだ。

魔法というのは実戦経験が大事であるが、作った当初の俺は母さんから魔法の使用を禁止されていた。

なんせリュコのあの事件が起こってすぐだったからだ。

とりあえず、危険性のない魔法なら試して良いと言われ、土属性の魔法【土石錬成《サンドクリエイト》】を練習したのだ。

最初のころはこんなに綺麗には作れなかったが、毎日練習していたら一ヶ月もすれば綺麗な石にすることができた。

今ではもっと複雑なものも作ることができるはずだ。

「素晴らしい。この石はどれぐらいもちますか？　本人から離れると、すぐ壊れるなんてことは……」

「ないと思いますよ？　僕の魔力がその石の中にこもっているので、それが出されない限りは壊れるとは思いません。普通に遊んでいる分には大丈夫でしょう」

「では、この石にオリジナルのマークをつけたりすることは可能ですか？」

「？　それぐらいは可能ですが、どうしてですか？」

商人の質問に俺は首を傾げる。

なぜそんな質問をしてきたのか、全く理解できなかったからだ。

商人は俺の答えに満足したのか、説明してくれる。

「もちろん盗作防止のためにマークを入れてもらうのですよ。世の中の流行りのモノには贋作《がんさく》も多いですからね」

「ああ、なるほど……」

ようやく商人の意図を汲むことができた。

たしかに簡単にまねできるようなものならば、その分の利益が贋作に奪われてしまう。

一概に市場の独占が正しいとは言わないが、だからといって偽物が世に出回るのはあまりよろしくない。

ある程度のレベルならば多少の許容はするべきかもしれないが、本物に比べて数段階も劣るようなものなど本物にとっても悪評につながりかねないのだ。

だからこそ、本物であることを証明するためにオリジナルのマークをつけようと思ったのだろう。

「しかし、現状でこのリバーシを作ることができるのは君一人なのかい？」

「おそらくそうだと思いますよ。といっても、土属性の魔法を使うことができる人ならば、簡単にできるようになると思いますが……」

「ううむ……だが、魔法が使える人間がこういうものを進んで作ってくれるか……」

「きっと無理でしょうね」

商人の懸念を俺は肯定する。

この世界では魔法を使えるということだけで一種のステータスであり、それで職業を得ることができたりする。

例えば、王都の魔術師団である。

魔法のエキスパートの集団であり、騎士では倒すことのできないような魔物と戦うために集められた精鋭たちである。

魔法が使える者にとっては憧れであり、魔法の才能がある人間はとりあえずそこを目指すそうだ。

まあ、俺は全く興味はないわけだが……。

とりあえず、そんな戦闘至上主義的な理由からこのような遊び道具に魔法を使うなんてことはプライドが許さないと思われる。

「では、貴族である君に作ってもらうしか方法は……」

「いいですよ」

「本当ですか？　商人の私が捌《さば》くのですから、かなりの数が必要になってくるのですが……」

俺の言葉に商人が驚く。

俺のことを信じていないわけではないようだが、子供であるがゆえに大それたことを言っているようにも感じたのだろう。

「練習で作っているだけなので、家にもう千セットぐらいはありますよ」

「千セットも⁉」

「それにこれ一つ作るのに十分もかかりませんし、それで魔力が切れる心配はないですしね」

「……それならいけそうですね」

俺の言葉を聞いた商人が真剣な表情になった。

どうやら本気で商売できるものだと確信したのだろう。

だが、これは俺にとってもありがたい話である。

なんせ練習とはいえ、作ってしまったリバーシを潰すのは少し気が進まなくて、気が付いたらそれだけのリバーシが家の倉庫に積み上げられていたのだ。

その光景を見たら、作った本人なのにげんなりしてしまったほどである。

それを捌けるのであれば、ありがたい。

「では、親御さんのもとに案内してもらえますか？　流石に子供と商談するわけにはいきませんしね」

「まあ、そうですよね。では、案内します」

「ありがとうございます」

商人をとりあえず家まで案内することにした。

流石に俺の独断でリバーシを商人に売ってもらうわけにはいかないと感じたので、最低限父親であるアレンの許可はもらおうと思ったためだ。

●●●

屋敷への帰り道、気になったのでモスコにいろんな質問をした。

そのおかげで彼のことをいろいろと知ることができた。

彼の本名はモスコ＝ミュール——『ミュール商会』というリクール王国では有名な老舗の商会の会長さんだそうだ。

庶民から貴族、王族まで幅広く商売をしているが、主なターゲット層は庶民らしい。

それだけ聞くと、金のない庶民を騙して金を奪っているように思うかもしれないが、実際にはそうではない。

なんでも『ミュール商会』を創った初代会長が商売に失敗して、路頭に迷っていたときに庶民に助けられたらしい。

そのときに恩を感じた初代会長は庶民の生活を助けるべく、廉価でいろんな商品を売るようになったという。

その考えは今も受け継がれており、庶民の間では大変人気がある。

だが、だからといって何も問題がないわけではない。

庶民を相手にしているということだけで、貴族からは受けがあまりよくはなく、同業者からもいろいろ悪口を言われているらしい。

庶民相手に廉価で商品を売っているため、他の部分——つまり貴族との商売で埋め合わせをしないといけない。

だが、貴族相手に悪評が広まっている状況下でそれはなかなか難しい。

なので、最近はかなり経営不振だったそうだ。

そんな折に俺とローゼスさんの会話を聞いたわけだ。

この新しい商品ならば、庶民を相手に廉価で販売ができたうえ、貴族を相手にその埋め合わせをすることができる、と。

ちなみにリバーシの値段は庶民には銀貨一枚、貴族には銀貨十枚にするそうだ。

その時点で十倍近い金額の差がついているのだが、それについては俺がいろいろと改良を加えることで反感を減らすつもりだそうだ。

とりあえず、何らかのオリジナルの紋章を加えることでプレミアムを高め、貴族にとって特別であると思わせるという。

「屋敷に着きましたよ」

「おお、ここがかの有名なカルヴァドス男爵の屋敷ですか」

「いや、そんな大層なものではないですよ」

屋敷に着いた瞬間にモスコがそんなことを言ったので、俺は思わず苦笑してしまう。

他の貴族の屋敷がどのようなものかは知らないが、別にこの屋敷が特段すごいものではないと俺は思っている。

地球から転生してきたのでこの世界の常識とずれたところはあるかもしれないが、だからといって屋敷の良し悪しについてはさほどずれはないと思う。

俺が普通と思っている屋敷は普通であるはずだ。

そんなことを考えていると、屋敷の玄関が勢いよく開く。

「あっ、グレイン！　どこにいたのっ！」

「えっ⁉」

屋敷の中から勢いよく飛び出してきたのはアリスだった。

その後ろにはシリウスとメイドのサーラもいた。

三人とも慌てているようだが、一体どうしたのだろうか……。

「母様たちが大変なのっ！　今すぐ来なさいっ」

「えっ⁉　母さんたちが？」

慌てるアリスの言葉に俺は驚き、最悪の想像をしてしまう。

【死】――その言葉が俺の頭の中に浮かんでくる。

生き物にいずれは訪れる出来事であり、突然起こることだってありうる【死】。

彼女の慌てようから俺はエリザベスたちにその危険があると思ってしまったのだ。

「早く来なさいっ」

「う、うん……」

「あっ……」

シリウスが何かを言おうとしていたが、頭の中がパニックになっている俺は彼の言葉を聞く余裕はなかった。

アリスに連れられながら、屋敷の中を勢いよく駆けていった。

●●●

（バンッ）
「母さんっ！」

俺は勢いよく扉を開く。

そこは両親たちの寝室で、アリスにエリザベスたちは体を休めるためにそこにいるということを聞いた。

慌てていたので、ノックもしなかった。

「騒々しいわよ、グレイン」

「えっ⁉」

だが、そこには俺の想像だにしない光景があった。

エリザベスとクリスはベッドの上で体を起こし、至って普通の様子で楽しそうにアレンと会話している。

とても、これから死ぬような雰囲気ではない。

「えっと……母さんたちが大変だって聞いたんだけど？」

「ああ、そのこと？　たしかに倒れて一時大変だったけど、今は別に大丈夫よ。お医者様にも大丈夫だと診断してもらったから」

「はぁ……よかったぁ～」

エリザベスの言葉に俺は大きく息を吐いた。

なんせ自分の母親たちが死ぬと思っていたのだ。

その可能性がなくなったことで一気に安心して力が抜けてしまった。

「でも、なんでそんなに慌てていたのかしら？　グレインを呼びに行かせたアリスたちはきちんと知っていたと思うけど……」

「……」

エリザベスの言葉に俺はアリスに一杯食わされたことに気が付いた。

そして、視線をアリスに向ける。

「うっ!?　なによ？」

視線を向けられたアリスは一瞬たじろいだが、すぐに平静を保とうとした。

だが、そんな俺たちの様子に気が付いたエリザベスからの質問に、アリスの平静は保たれることはなかった。

「もしかして、アリスが何かしたのかしら？」

「いや……別に……」

「母さんたちが大変だから急ぐように、と言ったんです。だから、僕は慌ててこの部屋に駆け込んで来たわけです」

「ちょっ⁉」

あっさりと白状する俺をアリスは止めようとするが、さっさとしゃべってしまった。

「ふ～ん、なるほど……」

エリザベスから鋭い視線を向けられ、アリスは小さな悲鳴を上げ動きを止める。

「ひぃっ⁉」

あのアレンですら逆らうことのできない絶対零度の視線なので、子供のアリスが耐えられるはずもない。

彼女はすでに涙目だった。

そんな彼女にエリザベスは雰囲気とは裏腹に優しく問いかける。

「グレインを騙そうとしたの？」

「ち、ちがうわ……ただ大丈夫なことを、言い忘れただけで……」

「それでグレインはとても心配したのよ？　人を心配させることは悪いことじゃないの？」

「う……」

エリザベスの言葉にアリスは反論しようとするが、あっさりと言葉を詰まらせる。

どうやら悪いことをした自覚はあるようだ。

それならば、最初からそんなことをしなければいいのに……。

「……アリス、悪いことをしたらどうするの？」

「う……ごめんなさい」

「……私たちにじゃない。グレインに謝りなさい」

「ごめん、グレイン」

クリスにも怒られ、意気消沈のアリスは俺に謝る。

まあ、これだけ怒られたなら、もうこんな悪さをすることはないだろう。

これ以上アリスを追い詰める必要はない。

「別にいいよ。僕も告げ口をしちゃったし、ごめん」

「元々は私が悪かったから、いいよ」

お互いに謝罪の言葉を告げる。

顔を見合わせ、思わず笑みを浮かべる。

やはりアリスには笑顔が似合う。

俺たちの様子を見て、エリザベスもクリスも満足そうだった。

それにしても、何が起こったかは気になる。

「それで母さんたちはどうしたの？　というか、二人ともお医者さんに診てもらったみたいだけど……」

「実はね、グレインたちに弟か妹ができるわよ。しかも、二人も」

「そうなんだ。それはめでたいことだね……って、ええっ⁉」

エリザベスの言葉を俺は一度あっさりと受け入れそうになったが、思わぬ出来事につい叫んでしまった。

それはエリザベスたちが大変だと聞いたときよりも大きな驚きだった。

このときの俺の声は屋敷中に響き渡ったらしい。

そのことで俺はエリザベスからの説教を受けることになってしまった。

●●●

まさかエリザベスとクリスが同時に懐妊《かいにん》するとは思わなかった。

いや、別にありえない話ではない。

両親たちは子供が三人いるのにもかかわらず未だに新婚のように熱々だし、妻が二人いても恋愛結婚だから上流貴族とかでありそうな家庭内不和などが起こってはいない。

なので、三人が夜にお楽しみをしていることには気付いていた。

たまに夜中目覚めて水を飲もうと食堂へ行くと、両親たちの部屋から艶《つや》っぽい声が聞こえたりしていたからだ。

そのときは「お盛んだなぁ」とそんな気持ちしかなかったが、まさか弟か妹ができるとは思わなかった。

この場合、子供は両親に対してどのように言えばいいのかわからなかった。

もし、これが仲のいい親友などが相手だったら、「お盛んだね」とか「昨日はお楽しみだったね」などと言えばいいが、四歳の子供が言ったとしたら確実に引かれる。

「お、おめでとう。それで男の子と女の子、どっちが生まれるの?」

「ふふっ、それは流石に気が早いわよ。まだ妊娠に気付いた段階なんだから」

「っ!? そうだったね!」

エリザベスに苦笑されながら否定された俺は恥ずかしさのあまり顔が火照るのを感じる。

現代日本だって生まれる前に子供の性別がわかるようになったのはここ最近なのに、異世界でそんなことがすぐにわかるはずがない。

それに気付かなかった自分が恥ずかしかった。

「でも、まさか同時に妊娠するとは思わなかったわね」

「……本当に。前回は二人ともバラバラだったから」

「たしかに珍しい話だよね」

エリザベスとクリスの言葉に俺は頷く。

「グレインもお兄ちゃんになるのよね。じゃあ、しっかりとしないとね」

「？　どういうこと？」

どうして彼女がいきなりそんなことを言ったのか理解できなかった。

そんな俺に彼女は苦笑を浮かべながら説明する。

「リュコから聞いているわよ？　いろいろと迷惑をかけているそうじゃない」

「えっ」

「……」

彼女からの指摘に俺はリュコの方に視線を向ける。

だが、彼女は告げ口をした後ろめたさからか俺から視線を逸らす。

「こら、リュコをいじめない。グレインは目を離すとすぐ問題を起こしそうじゃない。だったら、親としてリュコに話を聞くのが当然でしょう？」

「いや、そんなことは……」

「あの爆発から三ヶ月ほどしか経ってないわよ？」

「うぐっ」

エリザベスの言葉に反論しようとするが、そのことを出されると、ぐうの音も出ない。

「別に私も子供のことを束縛したいわけじゃないわ。自由に過ごすことでいろいろと学べることもあるしね？」

「……うん」

「でも、だからといって何でも許しているわけじゃないのよ？　子供たちが勝手に何でもやって、取り返しのつかないことになったらどうするの？」

「……たしかにそうだね」

流石は母親といったところだろうか、彼女の言っていることはもっともすぎて反論する余地がない。

前世では彼女と同じぐらいの年齢だったはずだが、もし俺に子供がいた場合にこのようなことは果たして言えただろうか？

いや、言えなかったはずだ。

まあ、子供どころか妻、彼女すらいなかった身なので、その仮定自体がありえないわけだが……。

とりあえず、彼女は親として責任がとれる範囲で俺に行動してほしいのだろう。

「……わかりました」

「はい、よろしい」

俺の言葉に彼女は頷く。

俺にしても別に何の目的もなく、いろんなことをしているわけではない。

結果としてリュコに心配をかけているかもしれないが、だからといって取り返しのつかない失敗をしないように注意している。

けれど、彼女の言っていることはそういうことではないだろう。

俺がそのつもりでも、結果として取り返しのつかないことになるかもしれないということだ。

しかし、今日のエリザベスは普段より怒り方が穏やかな気がする。

これも子供ができたからだろうか？

「そういえば、グレインは村に行ってきたんだよな？　どうだった？」

と、ここでアレンが会話に入ってくる。

俺が説教されている流れを変えるチャンスだと思ったのだろう。

「「あっ」」

と、ここで俺とリュコはあることに気が付いた。

アリスの慌てた様子から忘れていたのだが、そういえば屋敷に人を招いていたのだ。

屋敷の玄関まで一緒に来たことは覚えているのだが……。

「どうしたの？」

そんな俺たちの様子に何かあったのかと思ったのか、エリザベスの表情が険しくなる。

だが、今はそんなことを気にしている暇はない。

とりあえず、迎えに行って謝罪の言葉を伝えないといけない。

そう思った俺とリュコは来たときと同じように部屋から勢いよく飛び出した。

結果として、モスコは怒っている様子はなかった。

アリスの様子から何が起こっているのかを使用人に聞いたらしく、そこから状況を察することができたようだ。

俺たちが迎えに行ったときはこの屋敷の使用人たちのトップである執事のジルバと世間話をしていた。

●●●

両親たちとモスコが話した結果、リバーシはミュール商会から売り出されることになった。

値段は俺たちが帰り道に話していた通り、庶民には銀貨一枚、貴族相手には銀貨十枚ということになった。

そして、取り分はカルヴァドス家が四、ミュール商会が六となった。

これについてはミュール商会にはいろんなところに売ってもらいに行くのでもう少し取り分を多くした方が良いのではないかという案が出たのだが、モスコにとってはこれはかなり儲けが見込めるのでその感謝の意味を込めてこの割合になったのだ。

今後とも長い付き合いをよろしくお願いします、という気持ちもあるそうだ。

商人というのはもっと自身の利益を追求する人が多いと思っていたのだが、意外とこういう風に人付き合いを大事にするようで少し驚いてしまった。

いや、商売をするうえで人付き合いは大事だろうな。

あと、ついでにチェスを作って、それも売ってもらうことにした。

リバーシのように白黒だけで戦うのではなく、様々な駒を動かしていろんな戦略を立てることができるチェスはリバーシでは物足りない人にとってはかなりいいものになるはずだ。

これについてはリバーシの五倍の値段――庶民は銀貨五枚、貴族には銀貨五十枚で売り出されることになっている。

意外とチェスの駒を作るのが面倒で、その手間賃ということでこの値段になったわけだ。

一番難しいのはナイトである。

馬の鬣《たてがみ》を躍動感のあるものにするのが意外と難しい。

何度作ってもしっくりとこないのだ。

ちなみにチェスの方はある程度リバーシが浸透してから、時機を見て販売を開始するらしい。

まあ、いきなり同時に二種類のボードゲームが発売されても、プレイヤーがばらけてしまうわけだから本来出るはずの売り上げまで伸びない可能性があるわけだ。

これも商売の手法の一つである。

ただできたものを販売するのではなく、適度に時間を空ける必要があるわけだ。

その後、一ヶ月ごとにモスコは俺たちの取り分を持ってくるようになった。

屋敷に来るたびに俺に対して感謝の言葉を告げてくる。

なんでもリバーシは王都だけではなく、周囲の貴族の領地や隣の国でも大人気になっているらしく、彼の懐が潤いまくっているそうだ。

他の商会たちもあの手この手でリバーシを作ろうとしているそうだが、うまくいっていないらしい。

土から作っていることはすでに既知の事実だそうだが、どうやったらあんな風に綺麗に成形することができるのかがわからないそうだ。

まあ、あれは俺が作っているので、普通ならば難しいのは当然かもしれない。

四ヶ月経ったころにはそろそろチェスを売り出そうかと思っているという話を聞いた。

少し早いのではないかと思ったのだが、なんでもリバーシの人気が高まりすぎて、王都ではリバーシの大会が開かれているらしい。

この数ヶ月の間に人気が高まったリバーシは様々な作戦が編み出され、それにより大変盛り上がったらしい。

ちなみに初代優勝者は王都に住む一般男性――に扮した国王様だったらしい。

なんでも王都で一番リバーシにはまっているのは国王様らしく、発売された当初は政務を放ったらかしにしてのめり込んでいたそうだ。

それを大臣たちが怒り、政務をしなければリバーシは禁止ということになったらしい。

最近では政務を真面目に取り組み、今までより早く終わらせることでその分の時間をリバーシに回すようになったようだ。

良いことなのだろうが、そんな人がこの国を治めて大丈夫なのだろうか、と心配になってしまう。

あと、最近王都ではこのリバーシを作ったのは誰かを探し始めているらしい。

まあ、これほど人気になったものの制作者が誰かわからないのであれば、そうなるのも仕方のない話だ。

モスコにはカルヴァドス家が出所であることは伏せてもらっている。

別に秘密にする必要はないかもしれないが、欲深い人間などに知られると確実に面倒事に巻き込まれるからだ。

さらに、リバーシの人気が高まったころ、国王様が制作者に対して何か恩賜《おんし》を与えようという話が出たらしい。

その際に王都と周囲の貴族の領地で制作者探しのお触れが出され、なんでも数百人単位の偽《にせ》者《もの》が集まったらしいが、彼らは何をもって制作者を名乗れると思ったのだろうか？

ちなみにその偽者たちは王族に虚偽の情報を渡したということで投獄されている。

まあ、誰に迷惑をかけたわけでもないので大した期間ではなく、これで嘘をつくことはなくなるだろう。

そして、次に彼らは制作者探しに精を出しているそうだ。

そのころ、モスコは何度か城に呼ばれることがあったらしい。

中堅の商会ではほとんど見ることができないほどの白金貨と貴重な物品が並べられ、リバーシの制作者が誰かを聞かれたそうだ。

だが、モスコは商人としての信用を優先し、国王様の質問には「答えられない」と告げたそうだ。

そんな不敬の塊みたいな行動をして周囲の貴族たちは騒ぎ立て、モスコを処刑しろとまで言い始めたのだが、それを止めたのが国王様だった。

モスコにどうして答えられないかを聞き、信用のためという理由を聞いた末に笑いながらモスコを許してくれたそうだ。

かなり懐の広い人だ。

というわけで、俺の情報が周囲にバレることはなかったらしい。

ちなみにミュール商会は国王様にリバーシを世に広めた功績で褒美を頂き、獣人の国【ビスト】と魔族の国【アビス】に対する商売の権利を得たらしい。

これは人間の国に行くのとは違うため、ごく一部の商人しか得ることのできない権利だ。

なぜなら、その二国とは数十年前まで戦争をしていた間柄だ。

今でも問題が起きないように商売が制限されており、王族からも信頼が厚いごく一部の商会にしかその権利が与えられていない。

モスコはその権利を欲した。

ほとんどの商会が行くことすら叶わない場所であり、自分たちにはリクール王国で大人気になったリバーシがある——つまり、儲けるチャンスだと思ったのだろう。

結果として、ミュール商会はその権利を得ることができた。

その報告をモスコは嬉しそうにしてきて、同時に感謝の言葉を伝えてくれた。

これで先祖代々受け継いできたミュール商会を続けることができる、と。


そんな感じで、ミュール商会が潤うことでカルヴァドス家の暮らしも豊かになった。

リバーシが売れて収入が増え、ミュール商会からいろんなものを買えるようになったのだ。

といっても、元々そこまでいろんなものを欲しがる家族ではないので、増えたのは本と家具、調理器具と食材、あとは訓練用の設備といったところだが……。

本については俺とシリウスが読みたいので買ってもらい、家具は母親たちが欲しいということで購入が決定した。

調理器具や食材は前世の記憶を頼りにおいしいものを作りたいと思ったのと王都で人気の料理とかも作りたいと思ったので、リクエストしたら買うことが決まった。

ちなみに本の中には料理に関するものも入っている。

最後に訓練用の設備についてはもちろん希望したのはアレンとアリスだった。

全く、二人の訓練好きには困ったものである。

こんな感じで商売に関してはうまいことといっていた。

そんな風に平和に過ごしていたカルヴァドス家にとある情報が伝えられたのはリバーシを売り始めて半年経ったころだった。

エリザベスとクリスのお腹が目に見えて大きくなり、そろそろ子供が生まれるんじゃないかと思われたころ、領民からとある情報が伝えられた。

『森が騒がしい』、と。

●●●

（ザザザッ）


森の中を小さな二つの影が駆け抜ける。

決してその速度は速くはない。

しかし、その影は小さく、気付いたときには周囲の木々によりできた陰に隠れてしまうためそう簡単に見つけることはできなくなる。

だが、それはあくまで人間の感覚での話だ。

森の中で生きている動物たち――特に他種の命を奪って生きている肉食動物にとっては関係なかった。


「「「ガルルッ」」」


その小さな影たちを追って、三つの影が近づいてくる。

森の中では決して大きいとは言えない影――だが、だからといって脅威とならないわけではない。

小さな影たちにとっては当然自分より体躯が大きいため恐怖の対象であろうし、大きいだけで早く動くことのできない動物よりも機動力に優れているので捕食される可能性が高くなる。

しかも、この影は三つあることからわかるが、集団で行動をするのが基本の動物たちだった。

一匹一匹ではそこまで大した力はないが、数の力によって自分たちよりも強い相手を倒すこともできる種族なのだ。


「キュルルッ」

「キュッ」


先を走っている小さな影が後ろの影を元気づけるように声をかける。

その声に励まされたかのように後ろの影も元気に答える。

しかし、この行動が良くなかった。


(ガッ……ザッ)

「「キュッ!?」」


前を走っていた影が木々の根に足を引っ掛けてしまい、走っている勢いのままに地面に倒れてしまったのだ。

それに驚いた後ろの影は慌てて駆け寄った。

しかし、これは逃げている者の取るべき行動ではなかった。


((ザッ))

「「「グルルルルッ」」」

「キュッ!?」

倒れたことで止まってしまった二つの影の周りに三匹の追跡者の影が現れる。

しかも、それが三方から囲んでいる状況だった。

まさに絶体絶命である。


「キュ、キュ〜……」

「キュキュッ⁉」


倒れた影が力なく声を出すと、もう一匹は驚いたような声を出す。

おそらく自分を見捨て、お前だけでも逃げろと言っているのだろう。

そんな相棒の声を聞いた影は怒りを露《あら》わにする。

だが、倒れた影の言うことはもっともである。

このままでは二匹まとめて追跡者の餌になってしまう。

少しでも被害を少なくするためには片一方が犠牲になって、もう片方が助かる以外に道はないのだ。

しかし、その選択をもう一方は受け入れることはできない。

「キュウッ!」


覚悟を決めた小さな影は追跡者を相手に睨みつける。

今の自分に何ができるかはわからない。

だが、ただただ獲物として捕食されるつもりはない、そんな意志を感じさせる眼差しだった。


「「「ガルルルアッ」」」


そんな小さな勇者を相手に追跡者たちは一斉に襲い掛かる。

今まで獲物が目の前にいたのに、ずっと捕食することができなかったのだ。

我慢の限界がきたようで、ためていたフラストレーションを一斉に放出したのだ。


「キュッ!?」


いきなり三方から襲い掛かられ、小さな勇者は恐怖のあまり目を瞑ってしまう。

だが、それでもその場に蹲《うずくま》ることはなかった。

倒れている相棒を短い時間でも守るため、仁王立ちして自らを盾《たて》にするのだ。

そして、追跡者たちの牙が小さな勇者の体に突き刺さろうとした――その瞬間、

（（ドドドドッ））

「「「ギャンッ⁉」」」

「「キュッ⁉」」

どこからともなく何かが飛来し、襲撃者たちに襲い掛かったのだ。
痛みのあまり襲撃者たちは短い悲鳴を上げ、小さな影から遠ざかる。
その行動に小さな影たちは首を傾げる。
何が起こったのか、全くわからなかったからである。
そんな状況下で新たな存在が現れた。

「流石にこんな可愛い生き物を見殺しにするのは良心が痛む。お前たちには何の恨みもないが、ここは助太刀させてもらうぞ」

小さな勇者の目の前に本物の勇者が現れた。
決して大きくはない――だが、それでも小さな影から見れば十分に大きく感じた。

彼ならば自分たちを助けてくれる――そう期待できるほどに……。

第五章　転生貴族は森に行く

「お前たち、ちゃんとついてきているか？」

「ええ、もちろんよ」

「大丈夫だよ」

アレンの質問にアリスと俺は何でもないとばかりに答える。

現在、俺たちはカルヴァドス男爵領内にある森の中を駆けていた。

この森は人族、獣人族、魔族の三つの国のちょうど境目に存在し、管理を任されているのだ。

たかが森に管理の必要があるのか疑問に思うかもしれないが、これは絶対に必要な役割だったりする。

なんせこの森の中には強力な魔物たちが、うじゃうじゃといるからだ。

一般的にその辺にいる魔物は低級から中級、ごくまれに上級の魔物が現れるぐらいだ。

だが、ここに現れる魔物は幼生体でも中級レベルで、成体になると数十年から数百年に一度現れるかどうかという噂レベルの上級の魔物になる。

ベテランの冒険者がパーティーを組んで戦ったとしても、無傷での討伐が困難といわれている。

魔物たちは討伐しないと数がどんどん増えていき、森から出てきて人里を襲ったりするので、定期的に討伐を行わないといけない。

だが、このあたりはアレンのおかげで安全が保たれていた。

アレンは男爵を叙爵する前は凄腕の冒険者で、たった一人で上級の魔物を倒すことができる数少ない存在だった。

領主の仕事としてこの辺りの安全を保つため、定期的に森で魔物たちを討伐しているのだ。

ただ、いくらアレンが一人で上級の魔物を倒せるからといって、やはり一人で行くのは危険なため、普段はエリザベスかクリスのどちらかを連れていったりしている。

だが、現在二人は妊娠中のため、今回は俺とアリスが二人の代わりにアレンについてきたのだ。

「まさか簡単についてくるとは思わなかったな。いくらスピードを落としているとはいえ……」

「それは毎日父さんに訓練してもらってるからね。これぐらいだったら、どうってことはないよ」

「まあ、ついていけないスピードじゃないよね」

俺たちは走りながらそんな会話をしている。

普通ならありえないだろう。

まるで短距離走をしているようなスピードで走りながら話しているのだから……。

まあ、これも魔法のおかげである。

身体強化で走るスピードを上げることで、その分だけ会話に意識を持っていける。

といっても、アレンだけは純粋な身体能力だけでそれをやっているみたいだが……。

自分の父親ながら化け物じみているな。

「ふむ……このあたりか？」

「え？」

「どうしたの？」

アレンが急に立ち止まり、俺たちも同じようにその場で止まる。

「地面をよく見てみろ」

「「え？」」

父親の指示に俺たちは地面を見る。

葉っぱや枝が落ちていることと動物の足跡がある以外、何の変哲もないように思うけど……。

「なんか、ものすごく荒れている？」

俺はこのあたり一帯が異様に荒れていることが気になった。

いや、自然の中なので整理整頓されている方がおかしいのだが、それにしても異常に荒れていたのだ。

魔物たちがこのあたりを通ったのであれば足跡があったり、土が掘り起こされたりしていてもおかしくはないが、ただただ通ったようにも見えない。

そんな俺の言葉にアレンは頷く。

「ああ、そうだ。普通に魔物たちが生活している分にはこれだけ荒れることはない。おそらくこのあたりで魔物が暴れたのだろう。しかも、これはかなりでかい個体だな……」

「そうなの？　どれぐらい大きいの？」

アレンの言葉にアリスが興味を示す。

今まで魔物と会ったことがないため、気になったのだろう。

「大体、屋敷の部屋一室ぐらいの大きさだな。おそらくこの森の中にいる魔物だと【グレートヒポポタマス】といったところだろうか？」

「へっ⁉　そんなに大きいの？」

アレンの答えにアリスがかなり驚いている。

たかだか数メートル程度の大きさを想定していたのに、まさか部屋で表現されるほど大きいとは思っていなかったようだ。

だが、俺はアレンの答えに納得できた。

それぐらい大きな魔物が動き回っているのだったら、このあたりがこれほど荒れていてもおかしくはないだろう。

ちなみにグレートヒポポタマスというのはカバ型の魔物のことである。

その巨体を使った突進は王都の城壁すらも易々《やすやす》と壊すほどの衝撃らしい。

ちなみに地球のカバと同じように草食動物らしい。

しかし、そこで気になることが一つ。

「どうして、その魔物は暴れているんだろう？」

「それはわからん。だが、この森に何らかの異変があることは確実だ。とりあえず、その原因を取り除かないと……」

「なるほど……それで、これからどうするの？」

何が起こっているのかわからない状況では、俺たちに何ができるのかわからない。

いや、むしろ何もできない可能性の方が高い。

ならば、アレンの指示に従わないと……。

「とりあえず、お前たちはできる限り俺から離れるな。だが、魔物が現れたら、俺の位置をギリギリ確認できる距離まで離れろ」

「どうして？」

「屋敷の一室ぐらい大きな魔物が暴れているんだ。父さんの近くにいたら危なくなるだろう」

「……あっ、そういうことか」

（ズウウウウウウウウウンッ、ズウウウウウウウウウウンッ）

と、そんな会話をしていると、不意に地面が揺れるのを感じた。

「……どうやら来たようだな」

その地響きを感じたアレンは少し離れたところを睨みつける。

俺たちも同じようにそちらを見るが、木々が折れるような音と共に何かが駆けてくる音が聞こえてきた。

いや、「駆けてくる」というのは表現として間違っているかもしれない。

とりあえず、立った状態をキープするのが難しいぐらいの地響きをこの距離でも感じるぐらいだ。

まあ、今はそんなことを気にしている状況ではない。

「お前たち、離れていろ。今から少し暴れてくる」

「「うん、わかった」」

父親の真剣な表情から従わないといけないと思った。

そして、俺たちが了承したのを確認すると、アレンは足に力を入れて一気に駆け出した。

その先に巨大なグレートヒポポタマスが現れた。

『ブオオオオオオオオオオオオッ』

「うおおおおおおおおおおっ」

グレートヒポポタマスが大きな雄叫びを上げながら現れ、縦横無尽に暴れまわっていた。

そいつに向かって、アレンは勢いよく大剣を振るった。

だが、そのアレンの攻撃に気が付いたグレートヒポポタマスは、その巨体に見合わない俊《しゅん》敏《びん》な動きで大剣を回避する。

こうしてアレンとグレートヒポポタマスとの戦闘が始まった。

●●●

『ブオオオオオオオオオオオオオッ』

「おらあっ！」

（ギイイイイイイイイイイインッ）

グレートヒポポタマスの角とアレンの大剣が交錯し、周囲に衝撃波が巻き起こる。

地面は捲《まく》れ、落ち葉や枝は舞い上がり、木々は音をたてて倒れていく。

地球にいたころには見られない光景だった。

この森の木々は地球にあったものに比べると格段に幹が太く、数百年ぐらい待たないと育た

ないぐらいの太さだった。

それなのにたった一合《いちごう》打ち合った衝撃だけで根元から折れているのだ。

どれほどの衝撃が起こっているのかわかるだろう。

俺とアリスは【身体強化】をすることでどうにか飛ばされずに耐えている。

しかし……。


「うらあっ」
（ザクッ）
『ブオオオオオオオオオオオオオッ』


まだ屋敷の一室ほどの体躯を持つグレートヒポポタマスがこの衝撃を引き起こしているのは理解できる。

だが、それとまともに渡り合っている――いや、むしろ押しているアレンは一体どれほどの力があるのだろうか？

目を疑ってしまう。

といっても、アレンも生身でグレートヒポポタマスに打ち勝っているわけじゃない。

アレンは得意な【強化魔法】で身体能力を上げ、グレートヒポポタマスを翻弄《ほんろう》しているのだ。

純粋にただ打ち勝っているように見えても、相手が回避しづらくなるよう行動したり、攻撃のタイミングをずらして受け流したりしている。

いかに、アレンが戦い慣れているかがわかる。

そもそも、見た感じかなり分厚そうな皮膚なのに、どうしてアレンはあっさり大剣を突き刺すことができるのだろうか？

大剣はそうやって使う武器ではないだろうに……。


『スウウウウウッ……ブ、アアアアアアアアアアアアアッ』

（ブワアアアアアアアアアアアアアアッ）

「「「うぐっ⁉」」」


グレートヒポポタマスは大きく息を吸うと、腹の底から雄叫びを上げる。

それは今までとは比にならないほどの衝撃を放った。

少し離れたところにいた俺たちですら、思わず耳を押さえてしまうほどの声量だった。

近くにいたアレンは俺たちよりも被害が甚大である。

（フラッ）

「うぅ……」


耳を押さえながら、体をふらつかせている。

あんな至近距離であの雄叫びを聞いたのだから、それも仕方がないことだ。

だが、この状況でふらつくのはまずかった。


『ブルアアアアアアアアアアアアッ』
（ドスッ）
「ぐっ⁉　ぐあああああああああっ⁉」


グレートヒポポタマスが頭突きをアレンに食らわせる。

どうにか大剣を盾にして直撃は避けることができたようだが、身体強化自体は解けてしまっていたせいで大きく吹き飛ばされた。

どうやらあの雄叫びには魔法を解除する効果があるようだ——いや、ただ単に魔法を継続することができるほど集中できなかっただけだろうか？

思ったより強いようだ、グレートヒポポタマス。

「あっ⁉」

「なに……耳が痛いんだけど？」

ここで俺は自分たちが危機的状況に陥っていることに気が付いた。

だが、そのことにアリスは未だに気が付いていない。

俺はとりあえず彼女を無理矢理立たせる。

「姉さん、すぐに逃げるよっ」

「えっ⁉　どうして……あっ⁉」

俺の突然の行動に一瞬焦りの表情を浮かべるが、グレートヒポポタマスの方に視線を向けて彼女も気が付いたようだ。

アレンが遠くに吹き飛ばされて、グレートヒポポタマスの意識がこちらに向いたことに……。

「ねぇ……グレイン？」

「なに？」

「これって、まずいわよね？」

「……そうだよ」

そんな危機的な状況にもかかわらず、俺たちのやりとりは落ち着いていた。

こんな突拍子もない状況だからこそ、そんな風になってしまったのだろうか？

だが、すぐに均衡《きんこう》は破られる。

『ブモアアアアアアアアアアアアッ』

「「ぎゃあああああああああっ⁉」」

グレートヒポポタマスは俺たちに敵意の視線を向け、雄叫びを上げながら勢いよくこちらに駆けてきた。

俺とアリスは悲鳴を上げながら逃げ出した。

アレン抜きで、俺たちが勝てるわけがない。

追いつかれたら確実に命を落とす。

「(早く戻ってきてくれ……あれぐらいじゃ死なないだろう？)」

俺はグレートヒポポタマスに追いかけられながら、心の中でそんなことを叫んでいた。

あの脳筋はあの程度の攻撃では多少の傷を負ったとしても、致命傷になることはないはずだ。

この状況を解決できるのは彼しかいない。

……まあ、だからといってすぐに戻ってくることはないのだが。

●●●

「はぁ……疲れたぁ……」

「そうね……まさかいきなり魔物に襲われるとは思わなかったわ」

俺たちは木にもたれかかって力なく座り込んでいた。

グレートヒポポタマスとの数十分の追いかけっこの末どうにか撒くことに成功したのだ。

だが、俺たちの消耗は激しい。

なんせ、いくら魔法で身体能力を強化できるとはいえ、元々は子供の体。

巨大な魔物に追われるという非日常的な出来事ということも相まって、想像以上に負担がかかっていたのだ。

これは当分動けないのではないだろうか？

だが、そう長くも休んではいられない。

いつ、あのグレートヒポポタマスが俺たちを見つけるかはわからない。

今はうまく隠れられているが、この森は相手側のテリトリー。

地の利としては向こうにあるわけだ。

「……父様、大丈夫かしら？」

アリスが心配そうに言う。

俺だって、それが普通の人なら心配だが。

「それは大丈夫だと思うよ。しょっちゅう仕事をサボって訓練ばかりしているんだから、ちょっとやそっとじゃ死にはしないさ」

「でも、あれだけ弾き飛ばされたんだよ？　かなりまずいと思うんだけど……」

「じゃあ、姉さんは父さんが大変な姿を想像できる？」

「う～ん。……できない？」

「でしょ？」

アレンがしぶとそうだということはもはや家族の中では共通認識のようである。

まあ、日頃からあれだけ訓練していれば、そうそうまずいことにはならないはずだ。

目の前で心臓でも貫かれたりしていれば心配の一つもするだろうが、ただただぶっ飛ばされたぐらいじゃ心配するだけ無駄だろう。

むしろ、まずいのは俺たちの方なのだ。

現状、俺たちは二人いるとはいえ、四歳と六歳という二人の子供。

そんな二人が最低でも中級、大概が上級で、もしかすると特級の魔物がいる可能性のある森の中にいるのだ。

確実に俺たちの方がピンチなのだ。

さて、本当にどうするべきか……。

「ねぇ、今すぐ森から出るべきじゃない？　そうしたら、安全だと思うんだけど……」

「たしかにそうかもしれないね」

「でしょ？　じゃあ、さっそく……」

「でも、姉さんは森の出口の方角はわかるの？」

「え？」

俺たちは先ほどまで、グレートヒポポタマスから逃げるために縦横無尽に走り回っていたのだ。

当然自分たちがどこを走っていたのかすらわからない。

「出口がわからないのに、下手に歩き回らない方が良いよ。体力を消耗するだけだから……」

「じゃあ、どうするのよ？」

「それを今考えているところだよ。流石に僕だって初めての状況なんだから……」

「なによ、役立たずね。すごいと思っていたけど、正直がっかりよ」

カチンときた。

「姉さんこそこの状況をどうにかすることなんかできないじゃないか。何もできない癖に文句だけ言わないでよ」

アリスの言葉に俺は思わず反発する。

彼女は別に本心からそう言っていないことは理解していた。

だが、俺だってこのいつ危険にさらされるかわからない状況に平常心を保つことができないのだ。

いつもなら流すことができるような暴言にも反応してしまう。

俺が言い返したことで、アリスも反論してくる。

「私はそういうのが苦手なのよ。だから、得意な戦闘で活躍しようとしているのに……」

「僕だって別に頭を使うことが得意なわけじゃないさ。いや、姉さんに比べれば格段に頭はいいかもしれないけど……」

「なっ⁉　事実でも言っていいことと悪いことがあるでしょっ⁉　弟の癖に生意気ね」

「生意気で結構。というか、自分で事実って認めてるじゃん」

「うぐぐぐぐ」

俺とアリスは息がかかるほどの距離で睨み合いながら言い争う。

お互い普段から感じていた鬱憤《うっぷん》を放出させていた。

いつもだったら我慢していることも、こんな状況下に置かれていることでスルスルと口から出てきた。

向こうもそれは同じようで俺に文句を並べる。

だが、それはお互い悪口に変わっていき、いつの間にか相手を単語だけで罵倒するようになってしまった。

そして、そんなことをしながら二、三分が過ぎ……。

「はぁ……やめよう、こんな不毛なこと。無駄に体力を消耗するだけだし」

「そうね。文句をいろいろ言ったおかげでなんかすっきりしたけど、そのせいで喉が渇いちゃったわ」

「……」

それは俺も思ったことだ。

俺も気が立っていたせいで忘れていたのだが、人間は言葉を発するために口を開くだけで中が乾いてしまうのだ。

あと、先ほどまでずっと走り続けていたのも喉が渇いている原因かもしれない。

まあ、この世界の俺は魔法を使うことができるので、こういう場合に喉を潤すことができ……。

「ねぇ、何か飲み物出してよ」

「……わかったよ。【土錬成《サンドクリエイト》】、【水生成《メイクウォーター》】」

俺は土からコップを二つ錬成し、その中に冷たい水を入れる。

一つをアリスに渡すと、彼女は勢いよくその水を飲み干す。

まるで大学時代の体育会系の部活で見た、一気飲みを髣髴《ほうふつ》とさせるような豪快な飲み方だった。

女の子なのだから、もう少しおしとやかにした方が良いと思うのだが……。

「ぷは～、おいしいわね。おかわり」

「はいはい、【水生成《メイクウォーター》】」

飲み終わったコップを差し出しながらそんなことを言ってきたので、俺は再び水を入れる。

さっきまで言い争いをしていた相手によく簡単に頼むことができるものだ。

俺だったらそんなことはできない。

まあ、これが彼女の良いところかもしれないが……。

俺はそんなことを思いながら水を飲む。

うん、うまい。

（ダダッ）
「「っ⁉」」


水を飲んで落ち着いていた空気が、突然聞こえてきた音で緊迫したものに変わる。

グレートヒポポタマスが再び現れたのかと思い、すぐに逃げられるように意識を向けたのだ。

だが、それは杞憂《きゆう》だったようだ。

「グレートヒポポタマスじゃないみたいだね」

「どうしてわかるのよ」

「明らかに足音の数が違うからだよ。あと、グレートヒポポタマスが近くを走っていたら、もっと地面が揺れているはずだよ」

「なるほど」

俺の推測にアリスは納得する。

物音は俺たちのいる場所から少し離れたところから聞こえてきた。

おそらく四、五匹の生き物が走っているのだろう。

身の危険がないと思ったので、俺は安堵して息を吐こうとした——。


『キュルルゥッ』


「「っ⁉」」

——のだが、聞こえてきた鳴き声に再び緊張が戻ってきた。

先ほどの声の主が何者かであるのかは俺にはわからない。

何か小動物が、襲われているようなのだ。

もちろん、俺に助ける義務はないし、助けようとしたことで俺たちが危険にさらされる可能性すらある。

だが、こんな悲鳴のような鳴き声を聞かないふりするほど、俺は腐っているつもりはない。

「グレイン、行くわよ」

「うん、わかってる」

正義感の強いアリスの言葉に頷き、俺は立ち上がる。

そして、二人で声のした方に向かっていった。

●●●

音のした方へと急いで行くと、そこには五匹の生き物がいた。

二匹は図鑑ですら見たことはないのだが、三匹は見覚えがある。

「あれは？」

彼女が首を傾げていたので、俺は三匹の生き物の名前を言う。

「【ハードウルフ】だね」

ハードウルフ――灰色の毛が特徴の狼型の魔物のことだ。

体の大きさは地球でいうところの中型犬と大型犬の中間ぐらいで、魔物の中ではそこまで大きな部類ではない。

戦闘能力もそこまで高くはなく、一年ぐらい実戦経験を積んだ新人冒険者でもなんとか倒すことができるレベルである。

だが、それはあくまで一対一の場合の話だ。

ハードウルフは単体で行動することは少なく、ほとんどの場合に群れで――最低でも三匹一緒に行動する。

一匹ではそこまで強くないハードウルフも、複数になると一気に厄介な相手になってくる。

群れで戦うことに特化した進化をしてきたようで、単体のときとは比べ物にならないぐらいの戦闘技術を持っており、十匹もいればグレートヒポポタマスすらも倒すことができるといわれている。

単体ではハードウルフは低級に分類されているのだが、五匹以上の群れの場合には上級に分類されるという珍しいタイプの魔物なのだ。

現在は三匹なので中級相当だろう。

「「「グルルルッ」」」

「キュッ!?」

三匹のハードウルフたちに唸《うな》られ、その黒い毛玉のような小さな生き物はびっくりしたような声を出す。

その声からどれだけ怖がっているのかを感じることができる。

だが、小さな生き物はその場から逃げることはなかった。

なぜなら……。

「キュ、キュ～……」

「キュキュッ!?」

小さな黒い生き物の後ろには同じように小さく、白い毛玉が倒れているからだ。

ハードウルフに囲まれている状況で立たない――いや、立てないのだろうか？

おそらく足を怪我しているのだろう。

白い毛玉の弱々しい声に、黒い毛玉が怒ったような声を出す。

言葉はわからないのだが、諦めかけている白い毛玉を黒い毛玉が励ましているとかそんな感じだろう。

しかし、あの毛玉は一体何なのだろうか？

別にすべての生き物を知っているわけではないのだが、だからといってここまでどの分類に入るかわからない奴がいるとは思わなかった。

例えば、知らない魚を見つけた場合、名前はわからないかもしれないが、魚類であることは理解でき、大まかな種類なんかは予想がつくはずだ、
けれど、あの二匹については全く見当もつかないのだが、本当に何なのだろうか、あれは……。

とりあえず、色は違うが二匹が同一種らしいことはわかった。

「キュウッ！」

白い毛玉を守るべく、威勢よく黒い毛玉がハードウルフたちを睨む。

その姿からは最後まで諦めない、そんな気持ちを感じ取れた。

だが、気持ちだけで乗り切れるほど野生の世界というのは甘いものではない。

「「「ガルルルアッ」」」

「キュッ!?」

ハードウルフたちがしびれをきらしたようで、三匹が一斉に襲い掛かった。

まあ、目の前に獲物がいるのならば、我慢をしろという方が酷な話だ。

目の前に出されたご飯を我慢できる動物は、躾《しつけ》をされたペットの犬ぐらいだろう。

ハードウルフたちが大きく口を開けて、毛玉たちに襲い掛かる。

その光景を見たアリスが叫ぶ。

「グレイン、あの子たちを助けてっ！」

「了解だよっ、【ストーンブレット】」

気付かれない位置で待機していた俺はアリスの指示で魔法を放つ。

距離があるため近距離の攻撃は使えないので、彼女の気持ちを察して魔法の準備をしていた。

(((ドドドドッ)))

「「「ギャンッ!?」」」

「「キュッ!?」」

俺の放った【ストーンブレット】は毛玉たちとハードウルフたちの間に飛び、いくつかがハードウルフの顔を直撃する。

突然の衝撃にハードウルフたちは悲鳴を上げ、思わず後ずさった。

あと、突然のことに毛玉たちも驚きの声を上げていた。

俺とアリスは毛玉たちを守るように前に立った。

「流石にこんな可愛い生き物を見殺しにするのは良心が痛む。お前たちには何の恨みもないが、ここは助太刀させてもらうぞ」

俺はハードウルフたちに向かって、はっきりと宣言した。

といっても、この場で俺の言葉を理解できるのはアリスだけだろうが……。

「……」

「なに?」

「別に……（ブフッ）」

「我慢するなら、最後まで我慢してよっ！」

アリスが我慢できずに噴き出したので、俺は思わず文句を言ってしまった。

いや、自分でも少し恥ずかしいことを言った気がするけど、だからといって噴き出さなくてもいいだろう。

これから戦わないといけないのに、緊張感のかけらもないじゃないか……。

●●●

「「グルルゥッ」」

「……戦う準備はもう十分ってところかな？」

ハードウルフたちから殺気を向けられる。

完全に俺を敵と認めているようだ。

「私が二匹倒すから、グレインは残りを頼むわね」

「姉さん、それは危ないよ。ハードウルフは群をなすことで強くなる魔物なんだから、一匹と二匹じゃ雲泥の差なんだよ？」

「それならなおさらグレインに二匹戦わせるわけにはいかないじゃない」

「どうして？」

アリスは快活な笑顔で答える。

「それはもちろん、私がお姉ちゃんだからよ。お姉ちゃんとして弟にいいところを見せないと」

「……なるほど」

彼女の行動原理は理解することはできた。

たしかに、彼女は年長者として自分が難しい方をやるべきだと思うのは当然だろう。

しかし、彼女ではまだハードウルフ二匹を相手するのは難しいと思われる。

ハードウルフは一対一なら、そこそこ実力のある新人冒険者一人で倒せるのだが、複数になった時点で新人冒険者一人では倒せなくなる。

最低でも同数の冒険者がいないと難しいらしい。

俺たちは二人、そしてハードウルフたちは三匹——果たして、どうするべきか……。

「さて、さっそくやろうかしら」

「ちょっと待って」

「なによ……」

意気揚々とハードウルフたちと戦おうとするアリスを俺は止める。

出鼻をくじかれたアリスはこちらに不満そうな顔を向ける。

だが、このままではアリスが危険にさらされるのも事実だ。

彼女の姉としての立場を守りつつ、彼女を守ることができるような作戦を考えなくては……そうだ。

「姉さんはハードウルフ三匹と同時に戦うことはできる？」

「……もちろんよ。私を誰だと思っているのよ」

俺の質問にアリスは少し考えてから答える。

だが、俺はそれが嘘だと見抜いている。

彼女にはハードウルフ三匹どころか二匹ですら相手するのは難しいだろうし、それがわからないほど近接戦闘について無知ではないはずだ。

彼女はプライドからそう答えただけだ。

だが、俺は別に彼女が三匹と同時に戦えるかどうかについてはどちらでもよかった。

要は彼女が同時に奴らを相手にする気概があるかどうかを確かめたかっただけなのだから……。

「姉さんは三匹と戦うことに集中していて。僕が魔法でサポートするから」

「……そんなことできるの？」

俺の言葉にアリスは怪訝そうな表情を浮かべる。

それはそうだろう。

いくら俺の魔法がすごいことは知っていても、実戦は初めてなのだ。

しかも、かなり危ない状況に陥っているため、普通ならば平常心を保つことすら難しいのだ。

その状況下でここまでの啖呵《たんか》をきっているのだから、平静を失っていると思われても仕方がない。

だが、俺ははっきりと告げる。

「できる、じゃないよ。やるんだよ」

「ふふっ、流石は私の弟ね。弟じゃなかったら、男の子として好きになりそうだわ」

「……四歳に何を言っているの。というか、姉さんにそういう話は早いんじゃないの？」

「ちょっ、弟の癖に生意気よ。私だって好きな人の一人ぐらい……いないわね」

「……」

彼女の言葉に俺は反応できない。

どう返事をすればいいのかわからなかったのだ。

二人の間にいたたまれない空気が流れる。

だが、そうもいっていられない変化が起きる。

「「「グルアアアアアアッ」」」

ハードウルフたちが俺たちに一斉に襲い掛かった。

三匹とも、まずは弱そうな俺の方に狙いを定めているようだった。

まあ、戦いの定石である。

「【土壁《サンドウォール》】」

(((ドンッ)))

「「「ギャンッ⁉」」」

俺が目の前に土の壁を出すと、襲い掛かろうとしていたハードウルフたちは勢いよく壁にぶつかり、悲鳴を上げる。

すごい音がしたのでかなりの勢いを出していたのだろう。

あれはかなり痛いはずだ。

壁の反対側からでもなんとなくわかる。

まあ、敵なので同情はしないが……。

「はあっ」

（ブウンッ）

「「「グルルッ」」」

姉さんの声と武器を振るう音、そしてハードウルフたちの声が聞こえてくる。

どうやら壁の向こう側で姉さんが攻撃を仕掛けたようだ。

タイミングとかを話していなかったので仕方がないことなのかもしれないが、弟が壁の向こう側に隠れてしまった状況で戦いを挑まないでほしかった。

これではサポートなどできるはずがないだろう。

俺は風魔法を使って、土壁の上に登る。

なぜこのような行動をとったかというと、この土壁は毛玉たちを守る盾として残しておくためだ。

（シュタッ）

「じゃあ、とっとと撃退しようか、姉さん」

「ええ、もちろんよ」

壁の上に立った俺の言葉に姉さんは笑顔で答える。

といっても、その笑顔は嬉しいことがあったときの笑顔ではなく、戦いを楽しんでいるような獰猛《どうもう》な笑みだった。

正直、女の子がそのような笑みを浮かべるのはどうかと思ったのだが、この状況ではそういう笑みを浮かべられる方が良いということに気が付いたので気にしない方向でいく。

俺はいつでも魔法を放つことができるよう、魔力を操作した。

●●●

「はっ」

「グッ⁉　ギャンッ⁉」

姉さんがハードウルフの一匹に片手剣《かたてけん》を振るう。

そいつは姉さんのスピードについていけず、さっそく一撃を貰ってしまっていた。

おそらく人間の子供だということで油断をしており、先ほどまで壁の向こうで攻撃を避けていたので、大丈夫だと思っていたのかもしれない。

ちなみに、この片手剣は森に入る前にアレンから渡されていたものだ。

俺ももらっている。

もちろんこれは本物だが、あくまで護身用として渡されている武器で、本職の冒険者が使うものに比べれば幾分グレードが下がる。

あと、片手剣自体も後衛職が接近戦を挑まれた場合に少しでも生き残れるようにと作られたものであり、かなり軽量になっている。

だからこそ、子供の俺たちにも使えるのだ。

「「グルアッ」」

一匹が吹き飛ばされたことで、残りの二匹が同時にアリスに襲い掛かる。

どうやら先ほどのアリスの動きを見て、舐めるのはまずいと感じたのだろう。

しかし、流石はハードウルフ——全く同じタイミングで行動している。

群れで行動するという性質から、連携や同時攻撃を得意にしていることは知っていたが、まさかここまでとは……。

まあ、だからといってアリスに攻撃を当てさせるわけにはいかない！

「姉さん、左に壁を作るよ。【土壁《サンドウォール》】」

「了解よ。はっ」

俺が彼女の左側に土の壁を錬成し、彼女は壁を蹴って右側から襲い掛かってきたハードウルフの上を飛び越える。

彼女自身も強化魔法を使っているようだが、あんなことができるのは彼女の元々の身体能力が高いがゆえだろう。

「はあっ！」

「グルアッ！」

アリスは着地した瞬間、ハードウルフに襲い掛かる。

だが、奴らもアリスが背後に回ったことに気付き、すぐに振り向いた。

そして、体勢を低くする。

アリスもそれに合わせて、片手剣を低い位置で振るおうとする。

だが、それはハードウルフの作戦だ。

おそらくハードウルフは先ほどのアリスと同様に跳躍して、上から襲おうとしているのだ。

弱くとも魔物――アリスよりは戦闘については上手なのかもしれない。

「【洞穴《ホール》】」
（ザッ）
「!?」

跳躍しようとしたその瞬間、俺はハードウルフの足元に小さな穴を開ける。

跳べないように体勢を崩すレベルで……。

（ブシュッ）

「ギャンッ!?」

アリスの片手剣がハードウルフの喉元を貫いた。

これは完全に致命傷だろう。

喉を貫かれたハードウルフの目からは光が失われ、四本の足からも力が抜けていく。

「……これで一匹目ね」

アリスは殺したハードウルフから片手剣を引き抜き、残りの二匹の方に視線を向ける。

だが、少し彼女の戦闘への意欲が小さくなっているように感じる。

おそらく初めて生き物を殺したことに罪悪感を抱いているのだろう。

だが、この状況で殺さないとこちらが殺されてしまう。

「グルルルルルルルッ」

仲間を殺された残りの二匹は怒りのあまり唸り声を上げる。

ハードウルフは仲間意識が高く、仲間を殺した者への復讐心はすさまじい。
（ダッ））
二匹は同時にその場から駆け出した。

だが、先ほどとは違い、別々の方向に駆け出していた。

同時攻撃だと危ないと先ほどまでの戦いから学んだのだろう。

ならば、時間差による連携攻撃に変更するべきだと思ったようだ。

それは正しい選択だろう。

だが、わざわざその正しい選択をさせるわけがないだろう。

「【洞穴《ホール》】」

「ギャウッ」

俺は最初の一匹の足をすくった魔法で大きな穴を作る。

いきなり目の前に穴ができ、二匹は勢いよくそのまま地面に落ちていく。

大体深さは二メートル程度、おそらく落ちたハードウルフが自力で登ってくることは不可能だろう。

俺は土の壁から飛び降り、穴の近くに手をつく。

「【土墓《サンドグレイブ》】」

「グルアアアアアアアアアアアッ⁉」

自分たちを埋めようとすべく周囲から土の壁が迫り、穴の中からハードウルフたちの悲鳴が聞こえてくる。

可哀想ではある。

このまま穴の中に放っておくという手もあったのだが、それはそれで何も食べられずに弱っていくという拷問をしているような気になり、いっそのことひと思いに殺してやろうと思ったのだ。

俺が開けた穴は閉じられ、ハードウルフたちの声が聞こえることはなくなった。

これでもう危機は去っただろう。

俺は立ち上がると、未だに青い顔をしているアリスに声をかける。

「姉さん、大丈夫？」

「え、ええ……大丈夫よ……」

彼女は俺の質問に気丈に答えようとするが、その表情は明らかに大丈夫とは思えなかった。

俺はそんな彼女を見て、何も言わずに再びコップを作り、冷たい水を入れる。

そして、姉さんを土の壁にもたれかけさせ、水を渡す。

「……ありがとう」

アリスは水を受け取ると、彼女らしくないしおらしい態度で感謝の言葉を告げてくる。

いくら敵とはいえ、動物を殺すのはなかなかにショックなことなのだと彼女を見て、改めて感じた。

●●●

「はぁ……情けないわね」

「どうしたの?」

突然、アリスが大きくため息をつく。

そんな彼女の様子に俺は思わず問いかけてしまう。

俺の質問に彼女は首を振りながら答える。

「父様と訓練をしているときは大丈夫だったのに、まさか実戦でこんな風になるなんてね……

私には向いていないのかしら？」

「そんなことはないと思うよ？　いくら敵だったとはいえ、生き物を初めて殺したんだから仕方のないことだと思うし……」

「でも、グレインはどうもなっていないじゃない。なんで平気そうな表情をしているのよ」

「……それは姉さんのようにこの手で倒したわけじゃないからだと思うよ？　魔法で地面に埋めただけだし」

「それでも殺したことには変わりないでしょう？　私がこんな風になっているのに、おかしくないかしら」

「こいつらは僕たちを殺そうとしてきた敵だよ。殺さなければ、こっちが殺されていたんだよ」

「……だから平気だっていうの？」

「まあ、そういうことだね。こんな気持ちになりたくないからといって、こっちが殺されるわけにはいかないから」

「……私にはできない考え方ね」

俺の説明を聞いたアリスがそんなことを呟く。

「姉さんはたぶん生き物を殺したことへの罪悪感を持っているんだと思う」

「……たしかにそうね」

「それはたぶん今回の件を「生き物を殺した」と考えているからだろうね」

「それ以外にないんじゃないかしら？　たしかに私たちはハードウルフたちに襲われたから反撃したようなものだけど、殺したことには変わりないじゃない」

「まあ、そう思うのも仕方がないか……」

俺は彼女の言葉に納得しながら、土の壁に手をつける。

そして、その一部に穴を開ける。

「何を……っ⁉」

俺の突然の行動を疑問に思ったアリスが何か言おうとするが、その穴から出てきた生き物たち――毛玉たちを見て驚く。

どうやらこの毛玉たちのことを忘れていたようだった。

毛玉たちはびくびくしながらもアリスの方に近づいていく。

そして、彼女にそっと体を寄せた。

「姉さんはたしかに生き物を殺したかもしれない、でも、この子たちを守ったんだよ」

「……」

「生き物を殺すのはよくないことかもしれない。けれど、生き物を殺さなかったら、この子たちが殺されていたんだ。この子たちを助けたと思えば、少しは気持ちも楽にはならない？」

「……そうね。この子たちを救えたんだったら、それもいいか」

俺の言葉にアリスは少し落ち着いたようだ。

まあ、自分のためではなく他人のために行動したとわかったので、少しは罪悪感もまぎれたのだろう。

落ち着いた彼女は毛玉たちの頭を撫でる。

その優しげな手つきに毛玉たちは気持ちよさそうな表情を浮かべる。

「でも、この子たちは何なんだろう？　全く見たことがないんだけど……」

「それはたしかにそうだね。僕も図鑑で見たことがないよ」

「まあ、可愛いからいいか」

「……そうだね」

アリスの言葉に俺は頷くしかなかった。

たしかに彼女の言っていることはもっともなのだが、だからといってここまであっさりと受け入れるのもどうなのだろうか？

これも彼女のすごいところなのだろうか？

だが、同時に少し驚いた。

「姉さんも生き物を可愛いと思うことがあるんだね？」

「……私のことをどう思っているのよ」

「いや……訓練にしか興味のない脳筋かと……」

「今度の訓練、覚悟していなさいよ。泣いてもやめてあげないんだから」

「……そのときは父さんに助けを求めるとするよ」

アリスが据わった目でそんなことを言ってきたので、俺は苦笑しながら返事をする。

訓練で負けるつもりはないが、彼女の方が体力的に上であるのも事実。

それに合わせて訓練をさせられたらたまったものではない。

といっても、アレンに助けを求めたからといって、止めてもらえるかわからないが……。

「それより、一ついい？」

「なに？」

「僕もその子たちを触ってもいい？」

「別にいいんじゃない？　私が触っても逃げないし……」

「じゃあ……（ガブッ）いっ⁉」

手を出した瞬間、白い毛玉が噛みついてきた。

黒い毛玉の方も俺の方を震えながら見てくる。

どうやら、かなり嫌われているみたいだが……どうしてだ？

「あはは っ、嫌われてるわね～」

「なんでだよ……」

「それはグレインが土の壁で閉じ込めたからじゃないの？　暗いところに閉じ込められて、たぶん怖かったんだと思うわよ」

「ちょっと待ってよ……それは助けるために仕方なく……」

「だからといって、あそこまでやる必要はなかったんじゃないかしら？　外も見えない状況で外から戦う音が聞こえる。相当怖かったと思うわよ」

「……」

アリスの言葉に俺は黙るしかなかった。

毛玉たちのためにやった行動が、逆に毛玉たちに嫌われることになってしまったわけだ。

俺はこういう可愛らしい生き物は好きなのだが、こうなったら、もう触らせてもらうことはできないだろう。

「ふふふっ、可愛いわね」

「「きゅうっ！」」

「……」

楽しそうなアリスたちを俺は黙って見ることしかできなかった。

●●●

毛玉たちを撫でたことで落ち着いてきたアリスに俺は話しかける。

「そろそろ屋敷に戻りたいんだけど……」

「帰れるの？　どこにいるのかわからないのに……」

「それが問題なんだよね」

現在俺たちは自分がどこにいるのかわかっていない状況だ。

森の広さも有限であるため、一方向に歩いていけばいずれ出口に着くこともあるだろうが、それではどこに出るかわかったものではない。

それに下手に森の中を歩き回って、また魔物に出合いでもしたら目も当てられない。

この森でハードウルフはかなり弱い部類に入る。

つまり、この森にはあれより強い魔物がうじゃうじゃいるということなので、そんなものに出合えば今の俺たちではひとたまりもないわけだ。

本当にどうするべきか……。


（ドドッ、ドドドッ）

「ん？」


少し離れたところから聞こえてくる音に俺は気が付いた。

何かが走っているようだが……。

「何か勢いよく走っているようね」

「ああ、そうみたいだね」

アリスもどうやら音に気が付いたようだ。

まあ、彼女も耳はいいので当然だろう。

しかし……。

「なんか、嫌な予感がするんだけど……」

「そうね……私もよ」

二人とも同じように嫌な予感がしたようだ。

俺たちの脳裏におそらく同じ光景が浮かんだ可能性が高い。

屋敷の部屋ほど大きな体躯に、あのアレンがどこかに吹き飛ばされた光景が……。

（ドドドッ、ドドドドッ、ドドドドドッ）

「どんどん近くなってきているね」

「しかも、地面が揺れていないかしら?」

この揺れに覚えはある。

これは……。


（ドドドドドドドドドッ）

『ブオオオオオオオオオオオオオッ』

「「やっぱりかっ！」」

現れた魔物——グレートヒポポタマスを見て、俺とアリスは同時に叫んでしまった。

先ほどの揺れには覚えがあったので嫌な気がしていたのだが、まさかここまで予想通りとは……。

個体の違いなどを判別できないので断言はできないが、なんとなく同じ個体である気がする。

本来グレートヒポポタマスというのは温厚な魔物で、よっぽどのことがない限り暴れないと図鑑には書いてあった。

普段はその危険性の低さから中級に分類されるが、暴れ始めると上級と特級の間になるといわれており、目の前の個体はその条件に当てはまっている。

今の俺たちに勝てるはずがない。

「姉さん、逃げるよ」

「ええ、わかって……あっ⁉」

「なに？」

その場から逃げようとするが、アリスがなぜか動かない。

一体、どうしたというのだろうか？

彼女は申し訳なさそうな表情で言葉を紡ぐ。

「……立てない」

「えっ⁉」

「体に力が入らないの」

「……」

突然の言葉に俺は思わず黙ってしまう。

いや、彼女の先ほどまでの状態だったら仕方がないことなのかもしれないが、この状況でそれはやめてほしかった。

仕方がない。

アリスが動けないとわかった今、俺にできることはどうにかしてあのグレートヒポポタマスを止めることだ。

そのために再び土壁を作ろうとする。

流石に特級に近い魔物を止められるとは思わないが、それでもないよりはましだろう。

俺は地面に手をつけ、魔力を流そうとする。

「足止めになるかわからないけど、【サンド――」

（ヒュウウウウウウウウウウウウウウウッ）

「うおおおおおおおおおおおおおおおおおっ」

「ん？」

魔法を使おうとした瞬間、どこからともなく聞き覚えのある声が聞こえてきた。

しかも、かなり上の方――つまり、空から……。

だが、空からその声が聞こえてくるはずがない、そう思ったのだが……。

俺は思わず上を向く。

すると……。


「どおっせいいいいいいいいっ」

（ドオオオオオオオオオオオオオオオオオオオンッ）

『ブモオオオオオオオオアッ』


盛大なかけ声と衝撃が周囲に響き渡る。

そして、グレートヒポポタマスは悲鳴を上げながら、地面に横たわった。

背中から胴体を貫かれ、その衝撃で地面に倒れ込んでしまった。

そして、その背中から大剣を引き抜き、突然空から現れた男――アレンは俺たちに笑顔を向ける。

「お前たち、無事でよかったぞ」

「「……」」


突然のアレンの登場に俺たちは何の反応もすることができなかった。

無事なのはよかったのだが、まさかこんなとんでもない現われ方をするとは思わなかった。

おかげで心配していたことを告げることすらできなかった。

まあ、とりあえず生きていてよかった。

あと、グレートヒポポタマスの脅威がなくなったのは素直に嬉しかった。

エピローグ　転生貴族は異世界で妹ができる

屋敷に戻ると、まずアレンはエリザベスから説教を受けた。

実はアレンは、エリザベスたちに黙って俺とアリスを森へと連れていっていたのだ。

彼はこと戦闘に関してはプロなので俺たちならば大丈夫だと判断したのだが、エリザベスに話を通そうものなら確実に反対されると思ったのだそうだ。

彼は後で怒られるという可能性を考えていなかったのだろうか？

無事に帰ってきたことでエリザベスは俺とアリスを優しく抱き寄せた。

まあ、いくらアレンがいるとはいえ、あんな森に俺たちのような子供が行けば心配するのも当然だろう。

そんな家族らしい一幕が終わると、クリスが俺たちの後についてきた毛玉たちのことを聞いてきた。

とりあえず、俺たちは森であった出来事を説明する。

話を聞いているうちにエリザベスの顔色が赤くなっていく。

これは別に照れているわけではなく、怒りで赤くなっているのだろう。

なんせ、俺たちは子供なのに魔物を相手にしてしまったのだから……。

当然、俺たちも説教をされた。

だが、その説教はアレンのときほど長くはなかった。

この毛玉たちを助けるという行動を評価されたからだと思われる。

別に打算はなかったが、怒られる時間が減ったのなら毛玉たちを助けてよかったと思ってしまう。

まあ、助けたはずなのに毛玉たちからは嫌われているのだが……。

その毛玉たちはなぜかエリザベスとクリスに近づき、可愛らしく体を摺《す》り寄せる。

そんな行動に二人とも優しげな表情で毛玉たちの毛並みを撫でる。

こいつら……助けた俺にはそんなことしないのに……。

正直二人が羨ましく思えてしまった。


「うっ⁉」

「「「「っ⁉」」」」


だが、そんな状況が急に変わる。

突然、エリザベスとクリスの表情が苦しげなものに変わったからだ。

その場にいた全員が二人の異常に驚く。

けれど、すぐに何が起こったのかを理解することができた。

二人とも破水したようだ。

彼女たちが妊娠してから推定十ヶ月程度――そろそろ生まれるころだとは思っていたのだが、まさかこんないきなりで、しかも二人同時になるとは思わなかった。

いや、同時に妊娠が発覚したのだから可能性としてはあるかもしれないが、こういうのも個人差があるのだ。

同じ時期に妊娠が発覚した二人が同時に破水するなんて、めちゃくちゃレアなんじゃないだろうか。

その後、すぐに村から産婆を呼び、女性陣は屋敷の一室にこもってしまった。

この先は男の俺たちが役に立つことはないため、追い出された感じだ。

俺たちはリビングでソファに座りながらお茶を飲んでいた。

だが、二人が頑張っているのに俺たちはこんな風にのんびりしていていいのかと思ってしまい、落ち着くことができなかった。

それはアレンやシリウスも同じようで、二人ともコップに手をつけることもなくそわそわしていた。

そんな二人の姿を見て、俺は比較的落ち着いているのだと改めて実感することができた。

といっても、油断するわけにはいかない。

この世界はいくら魔法があるからといって、文明レベル的にはそこまで高くはない。

当然、医療もそこまで発展しておらず、そんな状況では出産というのはかなりリスクの高い行為といえる。

つまり、母子共に確実な安全はないということだ。

まあ、それは医療の発展している現代日本でもいえることではあるが……それよりも医療が発展していないこの異世界はより危険であるということだ。

そう考えると、二人のことが心配になってきた。

二人とも初めての出産ではないが、だからといって安心もしていられない。

前回がうまくいったからと言って、今回がうまくいく保証がないからだ。

だが、現状俺たちにはどうすることもできない。

今はただ二人とお腹の子供の無事を祈るだけである。

そうこうしているうちに数時間が経ち、突然勢いよく扉が開いた。

「産まれましたよっ」

「なにっ！　本当か？」

部屋に入ってきたのはサーラで、彼女の言葉に父さんが激しく反応する。

俺とシリウスもソファから立ち上がった。

そして、そのままサーラの案内でエリザベスたちのもとに向かった。

「えっ⁉」

部屋に入ると、俺は思わず驚きの声を上げてしまった。

そんな俺の反応にエリザベスがジト目を向けてくる。

「どうしたのよ？　せっかく妹たちが産まれたんだから、もっと嬉しそうにしなさいよ。私たちがこんなに痛い思いをして産んだのよ？」

「いや、それは大変だったと思うけど……なんでその子たちがいるの？」

エリザベスの言っていることはもっともであり、俺だって素直に子供が産まれたことを喜びたかった。

だが、なぜかエリザベスもクリスも赤子とは別に毛玉をそれぞれ抱いていたのだ。

そのことに驚き、嬉しいという感情が表情にあらわれなかったのだ。

そんな俺の言葉にエリザベスは答える。

「いつの間にかこの子たちが布団にもぐり込んでいてね、ずっとそばにいてくれたみたいよ」

「……そうなんだ」

「けど、不思議なことに途中で痛みをあんまり感じなくなったのよね？　なんでかしら？」

「……さあ？」

女性の出産の痛みについては男の俺には理解できない。

なので、彼女が途中から痛みがなくなったという話を聞いても、どう反応すればいいのかわからない。

ちなみに、クリスも同じようでうんうんと頷いていた。

だが、とりあえず彼女たちの痛みが途中から消えたという現象についてはある推論を立てることができる。

さっき気が付いたのだが、この毛玉たちは珍しい属性を持っている。

白い方が【聖属性】、黒い方が【闇属性】の魔力を有しているのだ。

毛玉たちがその魔力を使うことで、二人の痛みをとった可能性があると俺は考えたわけだ。

だが、俺はそのことについて二人に言うつもりはなかった。

今は赤子が産まれたことを喜ぶべきで、そのような情報は必要ないと思ったのだ。

俺は二人のもとに近づいていく。

そして、赤子の顔を覗く。

五十センチぐらいの小さな体の赤子は儚《はかな》げで、守らないといけないと思ってしまった。

まあ、同族で自分より弱いものを見れば守ろうと思う、それが生き物としての当然の感情だからだろう。

と、ここで俺はあることに気が付いた。

赤子の頭――前髪の一房の色がおかしいのだ。

まだ産まれたばかりでそこまで多く髪はないのだが、エリザベスの子供は紅色、クリスの子供は水色の髪がほとんどを占めていた。

だが、前髪の一房だけ色が変わっていたのだ。

エリザベスの方が黒色、クリスの方が白色――奇しくも二人がそれぞれ抱えている毛玉たちと同じ色なのだ。

果たして、これが何を意味しているのか……。


――まあ、今はそんなことはどうでもいいか。

とりあえず、二人の妹が無事に産まれたことを喜ばないと……。

久しく感じていなかった新たな家族ができるという感情に俺は自然と笑みがこぼれた。

閑話　妹は死んだ兄の足跡を辿《たど》りたい

○月×日

目覚まし時計の音が耳に入り、私は目を覚ます。

視界に入ってきたのはいつもの光景だった。

目を覚ましたばかりのぼんやりとした頭でもそれが自分の部屋だとすぐに認識できるほど、馴染みもある光景だった。

だが、それでもなぜか私はその光景がおかしなものだと感じてしまった。

なぜかというと、その部屋の色が暗かったからだ。

別に黒っぽい色で統一しているとかそういうわけではない。

むしろ、赤や黄色といった暖色をメインに家具などを選んでいるので、いつもならばもっと明るい――はずだった。

気にしていても仕方がないので、私はベッドから起き上がる。

頭が重くてだるい感じがあるのだが、いつもの流れでベッドから下りてしまったのだ。

日常の習慣という奴である。

私は二階にある自室を出て、階段を下りてリビングに向かう。

「おはよう」

リビングに入った私は両親に挨拶をする。

そんな私の挨拶に二人ともきちんと返事をしてくれる。

しかし、そんな二人の表情は一日の始まりのはずなのにかなり暗かった。

それもそのはずである。

私には兄が一人いる――いや、【いた】と表現する方が正しいか……一年ほど前に交通事故で亡くなってしまった。

私とは年齢が一回り違い、亡くなった当時まだ二十六歳だった兄は人を助けるために交通事故に遭ったらしい。

「らしい」というのはあくまで人づてに聞いただけで。実際にその光景を見たわけではないからだ。

兄は大学に入学したのを機に一人暮らしを始め、就職も実家から離れたその土地で決めてしまった。

そのため、交通事故に遭ったという連絡は事故が起きてからそこそこ時間が経ってからになってしまった。

まあ、即死だったらしいのでどれだけ近かったとしても死に目に立ち会うなんてことはできなかったが……。

兄が死んだことを軽く話しているように感じるかもしれないが、これでも私はかなりショックを受けている。

兄とは年齢が一回りも離れているおかげか、ほとんど喧嘩をすることもなく可愛がられていた。

といっても、ただ猫可愛がりをするだけではなく、私が悪いことをすればキッチリと叱ってくれる存在だった。

まさに父親代わりの存在と言えるだろう……おっと、父親はまだ生きているか。

仕事で忙しい父親の代わりに面倒を見てくれていたので、あながち間違いではないのかもしれないけど……。

私はそんな兄のことが好きだった。

よく女の子が子供のころに「将来はお父さんのお嫁さんになる」なんてことを言うらしいが、私はそれを兄に言っていたほどだ。

何度か兄に彼女ができたことがあったが、毎回涙で枕を濡らしてしまった。

といっても、すぐに別れることが多かったので、長く悲しむことはなかった。

しかし、一体なぜすぐ別れていたのだろうか？


そんな兄が死んだという話を聞いて、最初は信じられなかった。

両親からその話を聞き、そのまま兄の住んでいた町まで車で向かった。

静かに眠る兄の姿を見て、私は兄の死を受け入れざるを得なかった。

普通は身近な人が亡くなれば簡単に受け入れられないという話があるが、私は驚くほど簡単に受け入れてしまっていた。


葬式の日、兄が助けた少女は両親と共にやってきた。

三人とも申し訳なさそうな表情だったが、特に彼女は一段と暗かった。

両親たちが別室に行ったとき、二人きりになった。

何を話して良いかわからずにいると、彼女がポツリと呟いた――「死ぬのは、私だったんです……。そのつもりでいたから」と。

思わず私は怒鳴ってしまった。

兄が命を懸けて救ってくれたのに、どうしてその命を無駄にするのか。

そんなことをすれば、兄が無念だ。

貴女がするのは、兄の分まで幸せに生きることだ、と。

もちろん、彼女にも事情はあるのだろうが、死んだ兄もそう思うはずだ。

私の言葉に彼女は堰が切れたように泣き始めた。

私が怒鳴ったせいかと思ったが、彼女が口にする言葉からそうではないと理解できた。

そんな彼女を抱きしめた。

私の目から涙がこぼれた。


兄が亡くなったことで周囲が慌ただしくなった。

なぜなら、兄が亡くなった直接の原因は交通事故なのだが、当時の兄があんな場所にいることはおかしかった。

帰路についていたようなのだが、事故が起こったのは朝方で一般的な社会人ならば出社してくるような時間だったのだ。

それを不思議に思った両親はいろんな方法で兄の勤め先についての情報を集め、そこがブラック企業であることを突き止めた。

そして、それが理由で兄が疲弊していたことを訴えたのだ。

だが、いくら人が死んだといえど、直接的な原因が交通事故であるため、その企業を責めることは難しかった。

複数の人が亡くなっていたり、自殺をした人がいたりすればまだ話は変わっていたかもしれないが、現状で亡くなっていたのは兄だけだった。

それで会社のせいで兄が死んだというのは無茶があり、今も続いている裁判は敗色が濃厚だった。

まあ、私はその企業がブラック企業かどうかはどうでもよかった。

それよりも今は私の受験のことだ。

兄が亡くなってから一年が経ったので、私は中学三年生になっていた。

自分で言うのもなんだが、運動も勉強もできるので、正直学校の選択肢は困っていなかった。

今の私なら、頑張らなくてもこのあたりのトップクラスの高校に行けるのだ。

だが、私はそこを選ぶつもりはなかった。

私が選ぶのは――兄の住んでいたあたりにある高校だった。

別に兄がその高校に通っていたわけではない。

兄も高校は地元の――それこそトップクラスの高校に籍を置き、その中でも群を抜いて頭がよかった。

兄のことが好きならばそこに行くのが普通かもしれないが、私はなぜか兄の住んでいた辺りに行くことを望んでいた。

なぜだかは私もわからない。

そこに行って、兄がどんなことをしていたのか、どんな景色を見ていたのかを確認しようとしているのだろうか？

自分でもわからないが、とりあえず私はそう希望していた。

だが、残念ながら両親はそれに反対していた。

私がそこにいくと、否が応でも兄のことを思い出し、その死の現実を突きつけられることになってしまうからだろう。

自分たちにとって大事な息子が亡くなっているのだ。

少しでもその事実から離れたいという気持ちも理解できる。

おそらく、私の方がおかしいと思う。

だが、それでも私はそうしたいと望んでいる。

だから、私は両親を説得していこうと思っている。

まだ受験まで十ヶ月もあるのだ。

それまでにどうにかして説得しないと……。

あとがき

はじめまして、福音希望です。

このたびは『小さな転生貴族、異世界でスローライフはじめました～辺境でのんびり暮らしたいのに、超絶チートのせいでみんなが放っておいてくれません～』を手に取っていただきありがとうございます。

昔から本を読むのが好きで、試しに書いてみようと軽い気持ちで始めたので、まさか書籍化させていただけるとは思っておらず、未だに信じられないという気持ちがあります。

出版社の方からメールを頂いたとき、何度も繰り返し読み返してしまったほどです。

この作品は「小説家になろう」様でＷＥＢ投稿していたのを加筆修正したものです。

主人公が異世界に転生し、優秀さと面倒見の良さで様々な面倒ごとに巻き込まれていく話です。

「こういう話は面白いかな？」とその場のノリで書き始めた作品で、大まかなストーリーを考えて、書いている途中に「これいいかも」と思いつきを付け加えていくという完全な我流でした。

作者の趣味全開の内容なので受け入れられるか不安でしたが、書籍化の話を頂いたので間違ってはいなかったのだと安堵しています。

最後に謝辞を伝えさせていただきます。

書籍化の話をくださったスターツ出版様、何度も編集と相談の連絡をさせていただいた担当編集のM様、いろいろな提案をしてくださった編集協力のS様、ありがとうございます。

初めての書籍化で勝手がわからず何度もご迷惑をおかけしましたが、無事に完成したのは皆様が支えてくださったおかげです。

イラストを描いてくださったキャナリーヌ先生、ありがとうございます。

どのキャラクターも魅力的に描かれており、私の想像の何十倍も素晴らしいイラストでした。

では、またお会いできることを願っています。

福音《ふくね》希望《のぞみ》

小さな転生貴族、異世界でスローライフはじめました
～辺境でのんびり暮らしたいのに、超絶チートのせいでみんなが放っておいてくれません～

2023年2月24日　初版第1刷発行

著　者　福音希望

© Nozomi Fukune 2023

発行人　菊地修一

編集協力　佐藤麻岐

編　集　増田紗菜

発行所　スターツ出版株式会社

〒104-0031　東京都中央区京橋1-3-1　八重洲口大栄ビル7F
☎出版マーケティンググループ　03-6202-0386
（ご注文等に関するお問い合わせ）

https://starts-pub.jp/

印刷所　大日本印刷株式会社

ISBN　978-4-8137-9209-3　C0093　Printed in Japan

この物語はフィクションです。
実在の人物、団体等とは一切関係がありません。
※乱丁・落丁などの不良品はお取替えいたします。
上記出版マーケティンググループまでお問い合わせください。
※本書を無断で複写することは、著作権法により禁じられています。
※定価はカバーに記載されています。

［福音希望先生へのファンレター宛先］
〒104-0031　東京都中央区京橋1-3-1　八重洲口大栄ビル7F
スターツ出版（株）　書籍編集部気付　福音希望先生

話題作続々！異世界ファンタジーレーベル

ともに新たな世界へ

グラスト NOVELS

2023年春
2巻発売決定!!!

毎月第4金曜日発売

型破りな錬金術師が作る大農園、
さらにパワーアップして
留まるところを知らず…!?

著・錬金王　　イラスト・ゆーにっと

定価：1320円（本体1200円+税10%）※予定価格

ともに新たな世界へ

毎月第4金曜日発売

好評発売中!!

著・マライヤ・ムー 今井三太郎 蒼乃白兎　　イラスト・福きつね

定価:1320円(本体1200円+税10%)　ISBN 978-4-8137-9147-8

話題作続々！異世界ファンタジーレーベル

グラストNOVELS

著・フクフク　　イラスト・中林ずん

定価:1320円（本体1200円+税10%）　ISBN 978-4-8137-9132-4

ともに新たな世界へ

毎月第4金曜日発売

好評発売中!!

著・いちまる　　イラスト・弥南せいら

定価:1320円(本体1200円+税10%)　ISBN 978-4-8137-9108-9

話題作続々！異世界ファンタジーレーベル

グラストNOVELS

荒れ果てた辺境領地に追放されたはずが、
外れスキルの覚醒で最強領地に!?

著・白石新　　イラスト・転

定価:1320円（本体1200円+税10%）　ISBN 978-4-8137-9107-2

話題作続々！異世界ファンタジーレーベル

ともに新たな世界へ

グラストNOVELS
好評発売中!!

毎月第4金曜日発売

無自覚だけど、やること全部が規格外!!

著・九頭七尾　　イラスト・柴乃櫂人

定価:1320円（本体1200円+税10%）　ISBN 978-4-8137-9165-2